笹 塔五郎
Author / Sasa Togoro
あれっくす
Illustrator/Alex
2
《暗殺少女》と
家族事情
The Master Swordsman
who was Reincarnated,
Wants to Live
Freely.
JN109402
生まれ変わった
《剣聖》は
楽をしたい

「……先生が、
わたしを守ってくれる、
ってこと？」

生まれ変わった《剣聖》は楽をしたい

《暗殺少女》と家族事情

The Master Swordsman who was Reincarnated, Wants to Live Freely.

2

笹 塔五郎
Author / Sasa Togoro

あれっくす
Illustrator/ Alex

The Master Swordsman
who was Reincarnated,
Wants to Live Freely.

CONTENTS

Prologue ——	プロローグ ➤	003
Chapter 1 ——	第１章／仕事の予感 ➤	010
Chapter 2 ——	第２章／少女の行方 ➤	038
Chapter 3 ——	第３章／帝国視察団 ➤	085
Chapter 4 ——	第４章／アリアの家族 ➤	171
Chapter 5 ——	第５章／剣聖の名を以(もっ)て ➤	227
Epilogue ——	エピローグ ➤	267

イラスト／あれっくす

プロローグ

初めて見たのは、透明なガラスの壁と色のついた液体。同じような物がいくつも並んでいる場所で、少女は目を覚ました。

少女にとっては、何もかもが初めての景色。

そのはずなのに、それがどういうものかは理解できる気がする。


「――」

（……？）


少女に向かって、何かを話している人がいた。

白衣に身を包んだ複数人の人物。彼らは少女のことを話しているようだった。

その中に一人――白髪の男が見える。

少女の方を見て、男が優しげな笑みを浮かべた。

どうして少女のことを見て笑っているのか、分からない。少女にはまだ、言葉も理解できなかったからだ。

不意に、一人の女性が少女の前まで近づいてくる。

「順調ですね、この子は。先生、他の兄弟にはもう知らせているのですか?」

「もちろんだとも。この子には期待しているからね。他の子達と共に、大切に育てなければ」

女性の言葉に、男性が答える。

言葉の意味は分からない。やがて、ゴポゴポ、という耳障りな音ばかりが響き始めた。

「……っ」

不意に、息苦しい感覚に襲われる。

少女は必死に藻搔くと、バシャリと水が勢いよく排出されていくのが分かった。

排出された水と共に、少女の身体も投げ出される。

周囲に見えた——カプセルのような物に、少女も入っていたのだ。

「やあ、気分はどうかな?」

「——」

「ああ、大丈夫だとも。まずはおめでとう……ノートリア」

そんな言葉を、少女の前に立った男が言う。

この光景には見覚えがあった。

「……?」

気が付くと、少女は『外』にいた。

周囲は暗く、視界には少女がいた『施設』が目に映る。

目の前には、少女がよく知る人物がいて……この状況にも、覚えがあった。

「さあ、早く。振り返らないで」

そんな言葉が少女の耳に届き、駆け出す。

振り返るな——言われた通りに、少女はただ走った。

暗い夜道の中でも、少女は真っすぐ進み続ける。周囲に見えるのは、もう灯りの点いていない家々。少女は音もなく、駆ける。

途中、町中を流れる川に身を投げると、少女はそのまま町を出る。

初めて振り返ったのは、町の方を見渡せる崖の上までやってきた時だった。

先ほどまで感じていた、『追われている』感覚も、今はない。

「姉さん……」

ポツリと、少女は呟くように言う。

そして、今度こそ少女は振り返ることなく——駆け出した。

どこにも行く宛など存在しない。

けれど、『逃げろ』と言われたから、少女はただそれに従った。

……少女には兄と姉がいた。

その二人が、少女を逃がしてくれたのだ。

やがて数日かけて、少女は一つの町に流れ着く。

そこが、どこなのか少女には分からない。忍び込むようにして入り込んだ町で、少女は可能な限り人を避けるようにして行動していた。

どこまで逃げればいいのか、少女にも分からない。

どうすればいいのか、少女にも分からなくなっていた。

だから、少女は立ち止まって、蹲る。

目的もなく、することもない。雨が降っても、少女はその場から動けずにいた。

その時、少女に近づく足音が耳に届く。

逃げた方がいい――そう思ったのに、身体は動かなかった。

「こんなところでどうしたの？　大丈夫？」

聞こえてくるのは、女性の声。顔を上げると、女性ともう一人――駆け寄ってくる少女の姿があった。

その姿を見て、ゆっくりと思い出していく。

（……これ、わたしの夢――）

ビクリと、少女の身体が大きく震えた。

「……ん」

気が付くと少女――アリア・ノートリアは自室のベッドの上にいた。

綺麗に片付けられた部屋は、女の子らしく飾ってはいない。

「んー……」

一度ベッドの上で大きく伸びをして、跳ねるように起き上がる。

ベッドから降りると、アリアはマットをめくり上げた。――そこにあったのは、ズラリと並ぶ武器の数々。

アリアが普段使う短刀だけではない。折り畳み式の斧や、鋸状の剣まで様々だ。

小物で言えば、クナイのようなものまで揃えてある。

「今日は……これにしよ」

手に取ったのは、一本の短刀。テーブルの上から液体の入った小瓶、砥石を手に取る。

そのまま床に座り込むと、短刀の手入れを始めた。

アリアの日課の一つだ――自身の使う武器の手入れは欠かさない。使い方自体は、使い捨てるように投擲してしまうのだが。

短刀の手入れをしながら、夢のことを思い出す。

――懐かしい。『兄弟』達のことも思い出す。

もっとも、アリアが一番年下であったが。もう三年以上も前のことだ。

(何で急に……まあ、いいや)

アリアは特に気にすることなく、道具の手入れに集中した。

シュ、シュと刃を砥石で擦る音が響く。やがて、銀色に輝く刀身を見て頷いた。

「うん――」

パッと空中に紙を一枚投げる。

アリアが短刀を振るうと、紙は綺麗に両断され、ひらひらと宙を舞った。

アリアはこくりと頷いて、テーブルに置いてあったベルト付きのカバーを取り出す。

太腿とお腹、それに脇に装着すると、そこに何本か短刀を差し込んでいく。たった今手入れしたばかりの短刀も、その中に含まれていた。

そのまま、クローゼットの方へ向かう。中には学園指定の制服と、数種あるアリアの私服。いずれも武器の出し入れがしやすいように加工している。

そういう意味では、学園指定の制服がもっとも武器の出し入れがしにくい。――もっとも、そもそも暗器の持ち込みなどは禁止されているのだが。

アリアはそんなことは気にしない。制服に身を包み、洗面台で顔を洗う。

一通りの準備を終えると、部屋の扉の前で待機する。

耳を澄まして、聞くのは足音。
三、二、一――ガチャリと、扉を開く。
丁度、イリスがアリアの部屋をノックしようとした瞬間だった。

「ビックリした……。たまにそういうことするわよね、アリア」

「うん、イリスの驚いた顔が見たい気分だった」

「……どういう気分なのよ。まあ、いいわ。起きてたのなら校舎に行きましょ」

「うん、行こ」

「あ、ちょっと待って。寝癖、また直してないでしょ」

そう言って、イリスがカバンから櫛を取り出す。

これも日課のようなものだった。

武器の手入れは真面目に行うが、自身のことについては適当さが目立つ——それがアリアだった。

イリスに髪の手入れをしてもらいながら、アリアは学園の方へと向かう。

まだ寮生達は校舎を目指すような時間ではない。二人は久しぶりに、練武場で朝から訓練をしようと約束をしていた。

「イリス、怪我はもういい？」

「ええ、もうすっかり良くなったわ。さすがに剣技の練習もしばらくはお休みだったから、今日は肩慣らしってところかしらね」

「うん。イリスに合わせるよ」

アリアの言葉に、イリスは笑顔を向ける。

いつもと変わらぬ朝——イリスとアリアの、学園生活がまた始まるのだった。

第1章 仕事の予感

《練武場》にはアリアとイリスの姿があった。

アリアは短刀を、イリスは細剣を構えて向き合う。

「慣らすって言っても、加減はいらないからね」

「しないよ。するとイリス怒るから」

「べ、別に怒ったりはしないわよ」

そうは言っているが、イリスが勝負事にこだわりを持っているのは知っている。

特にアリアに対しては、互いの実力が均衡しているだけに手を抜いて欲しくないらしい。

ここ最近では、イリスの方が実力的には上であるようにアリアは感じているが。

「じゃあ、いくよ――」

その言葉と共に、アリアは駆け出した。二本の短刀を構え、腕を交差させて姿勢を低くする。

イリスのどんな動きにも対応できるよう様子見する形だ。

他方、イリスがすぐに動くことはない。

アリアには搦め手が多く、動きの素早さでもアリアに分がある――だからこそ、アリアが来るのを待っているのだろう。

（……動きに無駄はない。怪我の影響はなさそう）

本気を出すと言っても、アリアは当然のようにイリスを心配する。

彼女が無茶をしやすいことは知っているし、無茶をしたからこそ怪我をしたのだから。

――《剣客衆》との戦いが尾を引く可能性もあったが、その心配はなさそうだ。

アリアは距離を詰める。まずは一撃――短刀と細剣がぶつかり合う。

お互いに模擬剣を使っているとはいえ、ぶつかり合ったときの衝撃は本物だ。

アリアは一度距離を置いて、再び様子を見る。

今度は、イリスの方から動き出した。

「ふっ――」

一呼吸。イリスが地面を蹴って、アリアとの距離を詰める。

迫るのは剣先――アリアは踊るように身体を回転させて、イリスの剣撃をかわす。

そのまま、一本の短刀を投擲した。

イリスもまた、その攻撃が分かっていたかのように動く。

姿勢を低くしてそれをかわすと、イリスの猛攻が始まる。

（良かった。大丈夫そう）

アリアはイリスの攻撃を防ぎながら、呑気にそんなことを考える。

二刀で初めてイリスの剣速を上回る――片方だけでは、アリアはイリスの剣速に劣る。

お互いに本当の意味で全力であるのなら、制服の下に隠した刃を振るうことになるだろう。

逆に言えば、その時のイリスは《紫電》を振るって戦うことになる。

そこまで本気の戦いをイリスとはしたことがない。

だが、少なくとも今のイリスには、アリアから見て怪我の支障は見られなかった。

「――」

キィン、と短刀が弾かれる。

アリアは地面に手をついて、跳躍する。二、三度身体をひねりながら距離を取る――地面に落ちた短刀を拾うためだ。

拾ったと同時に動きを止めるが、眼前に迫ったのはイリスの細剣。ピタリ、とお互いに動きを止める。

「……私の勝ち、ね」

「うん、わたしの負け。イリス、本調子みたいで良かった」

「そんなに心配しなくたって平気よ。それより、前回も含めてこれで私の方が勝ち星が増えてきたんじゃない？」

「そうかな。わたしの方が元々多かったよ」

「な……そんなことないと思うのだけれど。私の方が多かったわよね？」

確認するようにイリスが尋ねてくる。いつでも負けず嫌い――イリスのそんなところが、アリアは好きだった。

だから、わざと煽るように口にする。

「うーん、どうかな。一時期イリスが伸び悩んでたとき、あるし」

「うっ……その時は確かに結構負けたかもしれないけれど……。それでも私の方がまだ多いはずよ！」

「じゃあ、もう一回やって今日は一勝一敗にしておこっか」

「……言うじゃない。いいわよ、もう一試合する時間くらいはあるもの」

そう言って、お互いに武器を構える。

早朝から――アリアとイリスは二度目の模擬試合を行った。

……その結果、朝から遅刻しそうになったのは言うまでもない。

＊＊＊

僕がこの《フィオルム学園》に赴任してから一月以上経過していた。

この生活にもすっかり慣れたもので、朝は講師寮から出て軽く運動をする。

それから校舎の方へと向かい、ホームルームの伝達事項を会議で確認。

そして、いつものようにホームルームでその話をするのだが、

（……イリスさんとアリアさんがいないね）

アリアはともかくとして、イリスは優等生タイプだ。けれど、遅刻しかけることが度々ある。

理由は僕も分かっている——朝から剣術の稽古に励んでいるのだろう。

ホームルームを始める鐘が鳴り終わる頃に、廊下を駆けてくる足音が聞こえる。

「セーフっ」

「ギリギリアウトですよ」

アリアの両手でのサインに対し、僕は現実を告げる。

背後には乱れた制服を直しながら、呼吸を整えるイリスの姿があった。

「はあ、すみません……遅れました」

「朝の稽古も大事ですが、ホームルームには遅れないようにお願いしますね」

「うっ、本当にすみません……」

申し訳なさそうな表情で頭を下げるイリス。そのまま席の方へと向かう。

他方、アリアはいつも通り気だるげな表情で席に戻る。

授業に関しては基本的にやる気のないのがアリアだ。

本当に一見すると真逆の二人が、普段から一緒に行動しているのは面白い組み合わせでもある。

――クラスの雰囲気は、以前のように戻りつつあった。

イリスが暗殺者に狙われたという事実は当然驚きもあり、衝撃もあっただろう。

逆に言えば、《四大貴族》であるイリスは常にその危険にあるということ。

クラスメート達がそれを理解した上でどう接していくか、それは彼ら次第だ。

「今日の伝達事項はテストの件です。魔法も剣術も実技が行われますので、皆さん前もって準備はしておくように……というのと、当然座学の方も疎かにしてはいけませんよ」

「アルタ君に聞いたら教えてくれるー？」

「アルタ君ではなく、先生ですよ」

クラスの――いや、学園でも一部の生徒は僕のことを『アルタ君』と呼ぶ。

別に親しく呼ばれることに悪い気はしないのだが、僕も講師として生徒に舐められるわけにもいかない……というのも、時折会議で議題に上ってしまうからだ。

早い話、僕は気にしないが学園側は少し気にする、ということである。

そのくらいのことはいいじゃないか……とも思うけれど、そこは大人の事情というものだろう。

「まあ、放課後にでも来てくれれば――」

そこまで言いかけたところで、イリスの視線が強めに向けられていることを感じた。

放課後の稽古は、今も定期的に行われている。

イリスとしてはその時間は減らしたくないのだろう。だからといって、他の生徒の邪魔をしたいというわけではない。

だから、イリスの表情にそれが顕著に現れていた。

何か言いたげだが我慢している――そんな表情豊かなイリスを見て、くすりと笑ってしまいそうになる。

（相変わらずですね……）

「一先ず、授業中でもホームルーム終わりでも話しに来てくれれば聞きますよ」

「はーい、お話に行くね！」

「私もー！」

「あたしも行こ！」

「はい、待っていますよ」

女子生徒からはこうしてある程度打ち解けられているが、男子生徒からは中々剣術のことが聞きたいと言われることはない。

主に女子生徒と仲良くしている僕に対する嫉妬のようなものを感じなくもないが、それは前にも言った通りだ。

（子供に嫉妬をするなと――ん？）

ふと、窓の外に視線を送る。

教室の窓から見える大木。春に桃色の花を咲かせる木は、もうすぐ花を散らしてまた来年の新入生を迎える準備をする――そんな木の枝に、一羽の鳥が止まっているのが見えた。

青色の羽毛に、首元にスカーフを巻いている。

……明らかに誰かに飼われているのが分かる鳥、《オジロ》と呼ばれる小型の魔物だ。人にもよく懐くため、ペットとして飼われることもあるのだが――そのオジロは僕もよく知っている。

《黒狼騎士団》からの伝達の際に使われる鳥だ。

ホームルームで生徒達に色々と伝達をしていた僕に、今度は騎士団からの伝達事項がやってくる。

（何か嫌な予感がするなぁ……）

こうやって不意に連絡が来ると、自分にとって良いことでない記憶しかない。

そうは思いつつも、仕事で呼ばれるからには行くしかない。

これを飛ばしてきたということは、結局今日の放課後は騎士団の本部へと向かうことになるだろう。

「……ですが、今日の放課後は僕も用事がありますので、また後日にお願いしますね」

「なーんだ。早速、今日聞こうと思ってたのに……」

先ほど質問してきた生徒が、そんなことを言う。

イリスも微妙にショックを受けた表情をしていたが、これくらいのことで一喜一憂しないでほしい。

そんなイリスの隣——アリアが、窓の外に視線を向けているのが分かった。

見ているのは間違いなくオジロ。何事にも興味を示さないタイプのアリアだが、オジロが野生のものではないというのが分かっているのか。今度は僕の方にちらりと視線を向けて、こくりと頷いた。

(……いやいや、分かってる。みたいな顔されても)

そんな誰にも気づかれないようなやり取りを終えて、僕のホームルームは終わる。

今日は放課後、レミィルのところへと向かうことにした。

＊＊＊

「呼び出した日にやってくるとは殊勝な心掛けだ。さすが私の信頼する騎士、アルタ・シュヴァイツ一等士官。どうかな、この後デートでも——」

「団長、さっき書類が溜まっているって団員が総出で探していましたよ」

「あっはは、だからこうして隠れているんじゃないか」

《黒狼騎士団》本部の第七倉庫――人通りの少ない場所に、騎士団長であるレミィル・エインの姿はあった。

日々団員達から提出される書類に目を通すのは団長としての仕事のはずなのだけれど、到着してすぐにレミィルの隠れ家とも言える倉庫にやってくる羽目になる。

先ほどまでは膝を抱えてどや顔で「やあ」などと軽口の挨拶をしていたが、それがこの国の騎士団長の一人なのだから将来が少し心配になってしまう。

「探す方の身にもなってくださいよ……」

「だが、君はこうしてすぐに見つけたじゃないか」

「団長が隠れそうな場所は大体分かりますからね」

「優秀な部下を持てて私は幸せだよ」

「これで優秀だって言えるなら他にももっと優秀な部下がいますよね。……それはともかくとして、何のお話です？」

僕はレミィルに問いかける。

僕を呼び出すくらいなのだから、当然のごとく仕事の話なのだろう。

「まあまあ。少しくらい世間話でもしようじゃないか。最近学園生活の方はどうだい？」

「学園生活というか講師生活というか……まあ、いつも通りですよ。もうすぐテストがあるので生徒達に少し落ち着きがないくらいで」

「むっ、テストか。それは確かに集中してもらわなければならないな、うん。イリス嬢は、そんなに心配はいらないかな？」

「彼女は優秀ですからね。剣術だけでなく、魔法を中心とした学問も——って、その感じだとまたイリスさんに関わるお話ですか？」

「あっはっは、また、とは心外な。君は今も彼女の護衛としての仕事で傍にいることを忘れてはいけないよ」

「忘れてはいませんが……まさか、またイリスさんの命が狙われるような事態でも起こった、とか？」

「いや、そういうことではないよ」

「そうですか」

一先ずは安心する。

今、僕を呼び出すということは間違いなくイリスに関わることだと予想できたからだ。

でも、そうなるとイリスには関係のないことで呼び出されたのだろうか。

「もっとも、イリス嬢は関係あるけれどね。いや——これから関係する、とでも言うべきか」

「……これから関係する？」

「ああ。まだ彼女に話はいっていないだろうが、彼女なら間違いなく引き受けるだろう。近々、《帝国》の人間がこちらにやってくる」

「！　帝国、ですか」

《ファルメア帝国》――王国とは隣同士に位置する大国であり、ほんの十数年前までは王国と戦争状態にあった国だ。

今は停戦状態、もとい友好関係を結んでいるということにはなっているけれど……実際には完全に友好国という間柄にはない。

「以前から計画されていたことだよ。王国と帝国――二つの大国が本当の意味で友好を結ぶ……そのための計画の一つだ。帝国側と協力して催事を開催しようということで、その視察のためにやってくるのだが……そこで紹介の役目を担う者が必要になる」

「向こうも貴族、こちらもそれ相当の立場の人間を用意する必要がある、と？」

「さすが、理解が早くて助かる。帝国側は軍部の頂点――ルガール・ボードル殿の娘であるエーナ・ボードル嬢がお目見えになる。他にも貴族やその分家はついてくるだろうが、一番の大物は彼女だ」

「そのエーナ様を案内する役目を負うのが、イリスさんということですか？」

「もちろん、他にも候補はいるがな。《四大貴族》の中ではイリス嬢がもっとも有力だろう。次点では、現候補二番手であるマルシア・フォールマン嬢になる。あるいはその両方

「とにかく、イリスさんがその役目を負った場合は、僕もその場につく必要がある——そういうことですね？」

「そういうことだ」

イリスの護衛——というよりも、帝国側の人間に万が一のことがないように、というのが一番の理由でもあるのだろう。

もっとも、イリスがこの役目を負わなければ、確かに僕の仕事もなさそうなものだが。

（……受けそうだなぁ）

僕の正直な感想としてはそれしかなかった。

王国と帝国の未来のことを考えるのなら、王国内を案内するというのは重要な役目の一つだ。

イリス自身は《王》になりたいと思っているわけではないが、貴族としても、そして騎士としても隣国との仲を深めることができる可能性があるのなら、その話を真っ先に受けるだろう。

護衛の身としてはそういう自ら危険に関わるような道を選んでもらいたいとは思わないけれど……それはあくまで一人の護衛としての考えだ。

「……ま、イリスさんなら間違いなく受けるでしょうから、僕からも話しておきます——か……」

こういうことでいいんですよね？」

「あっはは、君にも苦労をかけるね」

「そう思うならもう少し給料上げてくれてもいいんですよ？」

「君、一等士官なのだからそれなりの給料をもらっているだろう。まだ足りないのか。金の亡者なのか？」

「あって困ることがないのはお金ですよ」

「その通りではあるが……それ以上に大切なものがこの世にあるとは思わないか？」

「……？　なんです？」

「愛――」

「団長ーっ！　ここにいるんですか!?」

そこで、ドンドンッと扉を強く叩く音が耳に届く。

ビクリとレミィルが身体を震わせた。

レミィルを探す団員達に見つかったようだ。

「ま、まさかこんな短時間で駆けつけてくるとは……やるようになったな」

「感心している場合ですか……。仕事してくださいよ」

「もちろん、後でする。後でするが、いつやるとは言っていない」

「そうは言っても、ここからは逃げられないと思いますけどね。僕もいることですし」

「な……君、まさか私の場所を教えたのか……!?」

「団長、この世でお金より大切なものなら僕も知っていますよ」

にこりとした表情をレミィルに向ける。

「僕はもっと、部下から『信頼』される団長になってほしいので」

「あっはっは……今でも十分信頼される団長だと思うけどね！」

レミィルはそう言うと同時に、床を蹴る。

倉庫内にあるロッカーの上に立つと、天井の壁を無理やり開け始めた。

「……というわけで、イリス嬢とのこと、頼んだよ！」

レミィルは言い残すように天井裏から逃げていく。

構造上、倉庫の外に繋がっているわけだが……。

「どれだけ捕まりたくないんだ……。まあ、出口は全部封鎖してあるんだけどね」

「アルタ・シュヴァイツ一等士官、ご協力ありがとうございます。天井を塞げば、団長はもう袋のネズミですね」

倉庫の扉を開けて入ってきた女性が、そんな風に挨拶をしてくる。

仕事はできる人なのだが……どうしてもこういう風にサボる癖がついているようだった。

団長の仕事も忙しいだろうから、気持ちは分からなくもないが、それこそ逆に疲れそうな気もする。

たぶん、レミィルはそれも含めて楽しんでいるんだろうけれど。

僕もレミィルを迎えに来た騎士に礼をして、その場を後にする。

次の仕事は帝国との関わりが強い——一先ず、戻ったらイリスに話すところから始めようか。

＊＊＊

「そういうお話でしたら、受けたいと思います」

「まあ、そうですよね」

翌日の放課後、イリスを呼び出して話をしたところ案の定な返事だった。

「何かまずい、ですか？」

「あはは、そんなことはないですよ」

僕は笑って誤魔化す。

僕も断るとは思っていなかったし別に構わないのだけれど。

ただ、僕も必然的に参加しなければならなくなっただけの話だ。

イリスなら実力的にも申し分ないだろうし、問題はない。

（……特別ボーナスに期待しよう）

こうなると、僕もその辺りは望みたい。

これも重要任務の一つなのだから、無事に成功すればそれなりに報酬は支払われるだろう。

……騎士だというのにお金のことばかり考えているのを、イリスには悟られないように気を付けよう。

「詳しくはまた後日お話が行くと思いますが、その間はしばらく学園の方もお休みになるかもしれないですね」

「それは分かっています。ただ……」

視線を少し逸らして、イリスが言い淀む。

少し頬を赤く染めて、また何か言いたげな表情で、僕の方を見た。

「ただ？」

「えっと、シュヴァイツ先生も一緒、なんですよね？」

「そうですね。僕の役割はあくまで君の護衛なので」

「それなら、時間がある時で良いので、稽古をつけてくれれば……」

うん、分かってはいた。

雰囲気的には代わりにデートでも、というような催促でもあるのかと思えば、求められるのは稽古のみ。

僕としては、イリスらしくてすごく安心する。

「もちろん、時間がある時なら構いませんよ。付きっきりというわけでもないでしょうし」

「あ、ありがとうございます。それなら安心しました」

「安心？」

「い、いえ！　何でもないです！　それより、今日はこのまま稽古をつけてくれるんですか？」

「ああ、今日はあくまでこの話をしにきただけなので」

「そうですか……」

露骨にしゅんとしてしまうイリス。

意外と……というか、何となくそんな気はしていたけど彼女は分かりやすい。

割りと感情が表に出るタイプだ。

（まあ、そこはイリスさんの良いところでもあるだろうけど――）

「イリス、しばらく学園休むの？」

「！　アリア？」

不意に姿を現したのはアリアだった。

その辺りに身を潜めていたのか、髪の毛や制服に落ち葉が張り付いている。

イリスがそれを払いながら、問いかけた。

「聞いていたの？」

「ううん、聞こえた」

（聞いてたんだろうね……本当に隠密能力は大したものだ）

聞こえた、ということは少なくとも僕とイリスの近くにはいたのだろう。

彼女が気配を消すと、僕でも気付くのは中々に容易ではない。

内緒話をするなら、それこそ聞かれないような場所をしっかり探した方がいいだろう。

もっとも、この話はアリアに対しては隠すほどのことではないが。

確認したところ、アリアは確かにラインフェル家が保護しているという――アリアの後見人は、イリスの母だ。

「イリスが休むのなら、わたしも休む」

「ダメよ、アリアはしっかり勉強しなさい」

「イリスはわたしが傍にいないと」

お互いに心配し合う様は本当に姉妹のようだ。

アリアがイリスの心配をするのも分かる。この前も、イリスは相当無理をしていたと言える。

彼女に《剣客衆》のアディルの一撃を防ぐだけの力はあるとは思っていたけれど、それでも怪我が治ったばかりだ。だが――

「アリアさん、気持ちは分かりますが今回は公務という扱いでもありますから」

「公務？」

「そう。ラインフェル家を代表して私が務めるのよ。だから、アリアは留守番」

「むー、わたしもいきたい」

「遊びにいくわけじゃないからね？」

「……分かった」

イリスに諭されて、納得したように頷くアリア。

もう少し駄々をこねるかとも思ったけど……。いや、もしくはここで引き下がった振りをしてついてくるとか。

そういうところも、アリアなら十分にあり得た。

一応、念押しはしておこうか。

「隠れてついてくるとかも駄目ですからね？」

「分かってる。けど、休むならその前に遊ぼう？」

「それは別に構わないけど……。そんなに長く休むことにもならないわよ」

「ついていかない代わり」

イリスに向かってそんなお願いをするアリア。それくらいなら可愛いものだろう。

「いいんじゃないですか。仕事前の息抜きは必要だと思いますし」

「じゃあ、先生も来る？」

「僕もですか？」

「うん、デートリトライ」

「デ、デート……!?」

何故かイリスの方が強く言葉に反応する。

デート作戦——剣客衆を誘き寄せるための作戦だったのだが、このようにしてレミィルやアリアにはネタにされることがある。発言には気を付けた方がいいと学んだ。

「今週末、先生は空いてる？」

「まあ、空いてはいますが——」

「じゃあ決まり。それで今回は我慢する」

僕の言葉を遮って、アリアがトントン拍子に話を進める。

確かに週末——というか、基本的にはイリスの傍にいて、講師の仕事をするのが僕の役目だ。週末は普通に空いてはいる。

アリアがそれで納得するというのなら、その方が僕も助かる。

「分かりました。僕もそれくらいなら付き合いますよ」

「せ、先生もいらっしゃるんですか……!?」

「……？　不都合ありますかね」

「い、いえ。そういうわけではないんですけれど……」

「じゃあ、楽しみにしてる。わたしは帰って寝るね」

「あ、アリア！　ちょっと待ちなさいって！」

いつになく動揺した様子を見せるイリス。走って逃げるアリアを追いかけて、イリスもその場から姿を消した。

週末は、アリアのための遊びに付き合うことが決まったのだった。

＊＊＊

その日の夜、イリスは一人部屋にいた。

すでに寝間着姿で天井を見上げている。

（デート……）

考えているのは昼間のこと——アリアの提案で再びアルタと共に出かけることになった。

（いえ、そもそも出かけるだけならデートではないわよね。うん、そうよ。それなのに、アリアが急に変なことを言うから……）

自分に言い聞かせるように、イリスは納得しようとする。

けれど、どうしてもその言葉が頭から離れない。

——イリスは誰かを好きになったことはない。

もちろん、家族や友人として好きな人間はいる。けれど、特別な誰かを……恋愛的な意味で『好き』になったことは一度もない。

イリスにとってその心も、最強の騎士になる上では必要なものでなかったからだ。

（その、はずなのに……）

イリスは胸に手を当てて、深呼吸をする。

弱冠十二歳にして、《黒狼（こくろう）騎士団》の一等士官——《剣聖姫（けんせいき）》と呼ばれるイリスに対して、自ら『最強』を名乗った少年。その言葉通りに、イリスの父であるガルロ・ラインフェルを殺した《剣客衆》のアディルを打ち倒した。

……思えば、アルタとの模擬試合の時からかもしれない。少し特別な感情を抱いていたのは。

剣術で圧倒されたのは、初めての経験だった。父に勝てなかった頃のことを思い出した……そういう風に感じていたが、イリスはその後もアルタに助けられている。

アルタがいなければ、イリスは今ここにはいられなかった——それは間違いのないことだ。

（感謝するのは当然としても……）

だからと言って、それくらいのことでアルタのことを意識するだろうか。意識してしまう自分に、疑問を感じていた。

イリスはアルタに剣を教えてもらいたい。その気持ちが一番であり、それ以外の感情などあってはならないと、考えている。

雑念は剣を鈍らせる。アルタに教えてもらったように、一つの目的を持って剣を振るうことが、イリスには必要なのだ。

『誰かを守るために強くなりたい』、それ以外の気持ちは、今のイリスにはいらないはず

――

(そうよ……私には、必要ないこと、だもの)

深く息を吐いて、そう認識する。

デートでもなんでもない――ただ、アリアのために出かける。

イリスが考えるべきはその先、《帝国》とのことだ。

「でも、そうね。違うってことを、確かめるのは必要かも」

ポツリと呟くように、イリスは言う。

自身の抱いている感情を否定するために、イリスは週末のデートに臨もうとしていた。

＊＊＊

同刻――《ファルメア帝国》の帝都《ヴェルオ》。

中心部に宮殿があり、そこには皇帝やそれに連なる皇族達が暮らしている。

さらに、帝国は軍事国家でもある。皇帝に次いで権力を持つ、軍を統治する元帥が存在する。

ルガール・ボードル、現帝国軍の最高司令官という立場にあった。

そして、その娘であるエーナ・ボードルは一人、庭園に立っていた。

端正な顔立ち。長い黒髪を後ろに束ね、シャツに黒のズボンとシンプルな服装をしている。

腰に下げた剣に触れて、

「――」

一閃。風を切る音と共に、周囲の草木が揺れた。

庭園に広がる花々が、時間を置いて舞い散る。

「……ふう」

「――こんな夜更けに訓練ですか」

「むっ、お前か」

エーナの背後から現れたのは一人の少女。メイド服に身を包み、呆れた表情でエーナを見る。

「お前か、ではありませんよ。もうすぐ王都に向かうことになるのです。夜な夜な訓練ばかりではなく、向こうにいらした時のことも考えては」

「ふはっ、異なことを言う。その時のための訓練ではないか。常日頃から驕らず怠らず——それが軍人の基本だぞ」

「あなたは軍人という立場になる必要はないのですが……無理やり将校に志願されたのでしょう」

「父上も賛成してくださったことだ。私は生まれながらの武人でもあるのでな。毎日の訓練を怠ると寝覚めが悪い」

　にやりと笑みを浮かべながら、エーナは答える。

　その答えに対してもまた、少女は大きく息を吐く。

「あなたが構わなくとも私が構うのです。無理をされて倒れられてしまっては、世話係である私の責任になってしまいます」

「心配するな。その責任はお前を管理する上司の私の責任でもあるのだからな」

「……何でしょうね。間違ってはいないのですが何もかも間違っている気がします。いえ、ただの屁理屈ですね、それは」

「ふはっ、その通り。だが、屁理屈もまた理屈の一つ——全ては私の責任ということだ。

納得しろ」

そうして、エーナは再び剣を振るう。

「……はあ。何を言ってもダメみたいですね」

少女が再び、大きくため息をつく。

エーナは高揚していた。耳にした情報によれば、王国には《剣客衆》を四人も打ち倒した騎士がいるという。

剣技を極めた殺人集団——その頭目も含めて、一人の騎士が倒したのだ。

そこには、《剣聖姫》も加わっていたという情報もある。

（これが落ち着いていられるか……機会があれば、是非手合わせしてみたいものだな）

まるで遠足を心待ちにしている子供のように、エーナは心躍らせる。

来るべき時に向けて、エーナは剣を振り続けた。

第2章 少女の行方

安息日の昼下がり――僕は学園から少し離れたカフェにいた。

目の前にいるのは二人の少女。

一人は前回同様、落ち着いた雰囲気の服装に身を包んだイリス。

そしてもう一人も同じくサイズの合っていない大きめの服を着ているアリアだった。

二人の前にあるのは一つの大きなパフェ。

アリアが頼んだ物だが、サイズは明らかに二人分ある。それを、二人で分け合って食べるようにしていた。

アリアの言うデート――もとい遊びの約束の真っ只中(ただなか)だ。

「ここのパフェは大きいんですねー」

「二人で食べるくらいが丁度いいらしいですよ」

「先生も食べる？」

「いえ、僕は大丈夫です」

「じゃあ、イリス。あーん」

「あーんって……。その、恥ずかしいんだけど」

「今日はわたしと遊んでくれるんだよね？」

「うっ、そうだけど……もう、分かったわよ」

　恥ずかしそうにしながらも、アリアの願いを聞いてパフェを食べさせてもらっているイリス。

　二人は相変わらず仲がよさそうだった——というより、今日はアリアがそれを見せつけるようにしてきているようにも感じる。

（そう言えば、僕がイリスさんに剣を教えるって話になった後も何かと心配しているようだったし、単純に嫉妬みたいなものかな）

　今回も仕事とはいえ、僕が話をしている以上はイリスを借り受けるような形になってしまっている。

　アリアから見れば、イリスを何度も取られるような感じがしているのかもしれない。

　普段から何を考えているか分からないが、こういうところは単純というか純粋というか——とにかく、イリスは自分のものだということを強調したいのだろう。

（別に取る気もなにもないけど、イリスさんと付き合う人は大変だろうなぁ）

　何せ《剣聖姫》と呼ばれる少女。それにこんなにガードの固い家族がいるのだから。

「ほら、クリームついてるから」

「ん、ありがと。イリスはクリームつけないの？」

「わざとつけてるみたいな言い方ね……。あ、先生、この後はどうしますか？」

不意に、イリスが僕の方へと話を振る。

「僕ではなく、アリアさんの行きたいところに行きましょう。僕は別にどこでも構いません」

「でも、一応、その……――という話ですし」

ごにょごにょと小さな声で話し始めるイリス。

声が小さくて、肝心なところが上手く聞き取れない。

「……？　何です？」

「だから、えっと……」

「デートだから、みんなで行きたいところに行こうって話。ここはわたしの行きたいところだから、次は先生の行きたいところ」

「ああ、そういうことですか。それなら、イリスさんの行きたいところはありますか？」

「私は市場の方で買い物をしたいとは思っていますけど、後でも構わないので」

「いえ、それならそっちに行きましょう。僕も丁度買い物がしたかったので」

「じゃあ決まり。行こ、イリス」

「ちょ、引っ張らないでって！」

アリアがイリスの手を引いて、早々に動き始める。

外見や性格はまるで違うが、こうして見ていると本当に姉妹のようだった。

ちらりとこちらに視線を向けたアリアがしたり顔をしている。

(そんな警戒しなくても大丈夫ですって)

僕は笑顔でそれに応える。

イリスを守るために単独で《剣客衆》に挑むような子だ——それも仕方ないと言える。

気になるところと言えば、その実力だ。

アリアの使う技は紛れもなく暗殺に特化したもの。一介の少女が持つには明らかにレベルの高いものだ。

いずれは話を聞いてみたいものだけれど——

「失礼」

「……? はい、何でしょうか」

不意に聞こえてきたのは少女の声。

そちらを向くと、サングラスに黒いコートを羽織った少女が立っていた。

目立ちたいのか目立ちたくないのか分からないが、少女は僕の方に視線を向けて言う。

「この辺りに観光名所の《時計塔》があると聞いたのだが」

「ああ、それなら向こうの噴水の方にありますよ。名所と言っても、そんなに目立つものでもないですが」

「むっ、そうなのか。いわゆる期待しているとそうでもない、というやつか」

少し残念そうにしながら少女が答える。

その後ろから、メイド服の少女がやってきた。

少女の話し方は男らしい感じがしたが、雰囲気からして育ちの良さが感じられる。

けれど、観光名所を探しているということは王都で暮らしているというわけではないのだろう。どこか、地方の貴族といったところか。

そういう意味では、僕と同じような立場なのかもしれない。

「一人で勝手に進まないでください」

「ふはっ、すまないな。今この子に話を聞いていたところだ。時計塔はそんなに面白くないらしい」

「それは私も最初にお伝えしていたはずですが……」

「そうだったか？　すまないな、話半分だった」

「構いませんが、一人で行動はしないように――」

「ああ、分かった。とりあえず喉が渇いたから……そこのカフェで飲み物を買ってきてくれ」

「それはいいですけど、一人で動かないでくださいね？」

う。

「もちろんだ」

メイド服の少女が釘を刺すような視線を送り、先ほどまで僕達のいたカフェの方に向か

少女はそれを見送ると、

「ではな、少年」

「いや、今待っているようにって話でしたよね？」

「ふはっ、待てと言われて待つような人生を送るつもりはないのでな。何のためにここに来たと思っている？」

「僕は知りませんが……」

「ふははっ、だろうな！」

笑いながら、少女が去っていく。

結局、メイド服の少女を待つつもりはないらしい。

なんというか、自由人という感じがした。

「シュヴァイツ先生、今の人は？」

「ああ、道を聞かれただけですよ」

先に行っていたイリスが僕のところへと戻ってきた。

アリアと先に市場の方へと向かっていたはずだが、僕が遅れてしまったからだろう。

「アリアさんは？」

「先に市場の方に向かっています。先生を待たないとって言ったら、先に行ってしまって……」

「あー、なるほど……。それじゃあ、僕達も追いかけますか」

　アリア的には、デートと称して僕を誘ったのはイリスといかに仲がいいかを見せつけたいという気持ちがあるのだろう。

　それなのに、イリスが僕ばかりを優先していては、拗ねてしまう気持ちは分からなくもない。

「……そう言えば、先生」

「はい、何ですか？」

「先生って、その、好きな人とかって、いるんですか？」

「好きな人、ですか？」

「！　か、勘違いしないでくださいね!?　その、一応、デートという形と言いますか……。こうしていると周りからそう見られてもおかしくないかな、と思うので！　もしもそういう人がいたら……」

「ああ、そういうことですか。イリスさんはお堅いですね」

「お堅い、ですか？」

「そもそも僕、まだ十二歳ですからね」

「いや、そのくらいの年齢なら好きな人の一人や二人いてもおかしくないのかなって」

「イリスさんが十二歳の時はどうだったんですか？」

「……その時は、剣一筋だったので」

「――ということは、今はいるってことですかね？」

「っ！　べ、別にそういうわけじゃないです！」

イリスに強めの語気で否定される。

そういう話をするものだから、てっきり恋愛相談のようなものかと思ったのだけれど、そういうわけでもないようだ。

イリスに想い人がいるのなら、これからアリアとの関係でも大変な思いをすることになるのは間違いないだろう。

「なら、お互いに気にする必要もないのでは。まあ、学園の生徒に見られると勘違いされそうですけど、アリアさんもいますからね」

「そ、そうですよね。さすがに二人で一緒にいたら大丈夫――って、アリア？」

イリスが何かに気付いたように視線を向ける。

僕もイリスの視線に合わせると、そこには一人の男を追いかけるアリアの姿があった。

どういう状況か理解できなかったが、少なくとも普通の状況ではないということは分かる。

「あれは……」

「ど、泥棒だ！　誰か捕まえてくれーっ！」

叫ぶような男の声が耳に届き、僕とイリスも状況を理解したのだった。

＊＊＊

イリスとアルタから離れ、アリアは一人で市場へと向かっていた。

王都の市場はあちこちで開催されており、果物や雑貨などを扱った出店が並んでいる。

安息日は特に、人通りも多いのが特徴的だった。

だんだんと人が多くなってきたが、アリアは構わず進んでいく。

(……わたしは、どうしたいんだろう)

──アリアは、自分の気持ちがよく分かっていなかった。

イリスのことは、家族として大切に思っている。

だから、イリスがアルタに好意を抱いていたとしても、アリアとしては応援すべきことのはずだ。

それなのに、いざイリスとアルタを一緒に行動させようとすると、気持ちが落ち着かない。

イリスはきっと、彼のことを信頼しているのだろう。

けれど、アリアにはその気持ちがない——実力は確かだが、そこまで信頼の置ける相手ではなかった。

だからこそ、アリアは常に自分から行動をする。

《剣客衆》と呼ばれている相手だって、別に怖くはなかった。

それくらいの相手なら、アリアは勝てると思っていたからだ。

しかし実際は、イリスを守り切ったのはアリアではなくアルタという少年だったのだが。

「……」

ピタリと、アリアは足を止める。

(わたしは——)

その時だった。

視線の端に、奇妙な動きをしている青年を捉える。

地面に置かれたケースをちらちらと見て、その近くにいる男を見る。

男は出店の店主と話すのに夢中で、その青年の動きには気付いていないようだった。

一瞬の隙をついて、青年が動き出す。ケースを手に持つと、慣れた動きで人混みの中を駆け出した。

（！　泥棒……）

アリアもすぐに動き出した。

男が気付く前に、アリアも人並み外れた動きで人混みの中を抜けていく。

その後――後方から男の声が響く。

「ど、泥棒だ！　誰か捕まえてくれーっ！」

男には、おそらくケースを盗み出した青年がどこに向かったかもよく分かっていないのだろう。

だから、一先（ひとま）ずケースがないことに気付き叫んだ。

だが、青年はすでに男のところから随分と離れている。

（でも、逃がさない）

青年にいち早く気付いたのはアリアだ。

俊敏な動きで、アリアは人混みの中を駆け抜ける。

大きなカバンを背負っている大男の股下を抜け、子連れの三人組を飛び越えるように移動する。

途中、通りがかった馬車に飛び乗ると、それを利用して出店の屋根を伝って、さらに建物の屋根へと伝う。

ケースを盗んだ青年の動きを、目で追い続ける。

青年も気付いているのか——しきりにアリアの方を見るような仕草を見せる。

(向こうもそれなりに慣れてるのかな。でも、わたしからは逃げられない。だって——)

アリアが目を見開く。

どれだけ離れていても、アリアは決して青年を見逃すことはない。

ここからなら——短刀を投擲すれば青年を仕留めることもできる。

(……っ、違う。わたしは、そんなことはしない)

すぐに、その考えを否定する。

油断すると湧き上がってしまう感情を押し殺して、アリアは青年を追う。

——逃げる青年の先に、一人の少女の姿があった。

(……!　ぶつかる——)

青年も気付くのが遅れたのだろう。

少女の方もまた、避けるつもりはないらしい。

むしろ、青年を止める気でもあるかのように、

「ふっ、どこでもコソ泥というのはいるものだな。この私が——」

「危ないですよ、こんなところにいたら」

「——」

青年とぶつかる瞬間、少女を助け出したのはアルタだった。

どうやら先ほどの声を聞いていたらしい。先回りして捕まえるつもりだったのかもしれないが、少女のことを優先したのだろう。

だが、アリアもすぐにアルタの視線に気付く。

アリアが追いかけていることを知って託したのだ。

(わたしのことは、信頼してるってこと？……いいよ、その信頼には応えてあげる)

真剣な表情で、アリアは再び駆け出す。

屋根から屋根へと伝い、徐々に加速していく。

やがて、路地裏の方に逃げて行った青年の上を取るように、アリアは飛び降りた。

「なっ――」

青年が驚きの声を上げる。

それはそうだろう――年端もいかない少女であるアリアが、迷わず屋根を伝って青年に追い付いてきたのだから。

途中で落ちれば怪我では済まない。アリアだからこそ、迷わずにそんな動きができたと言える。

ピタリ、と青年の首元に短刀を当てて、宣言する。

「荷物は置いて。逃げようとしても無駄」

「ひっ、な、何なんだよ……！」

怯えた様子で青年が問いかけてくる。

アリアはふっ、と笑みを浮かべて、

「わたし？　わたしは――」

「ノートリア、だ。久しぶりだね」

「っ!?」

背後から声が聞こえて、アリアは振り返る。

その声も、その姿にも見覚えがあった。

先ほど、ケースを盗まれて声を上げた男が、ここにいるのだ。

この状況が、すでにアリアにとって異常だと理解するには十分だった。

「そのケースは私のだよ。いやぁ、本当に君は優秀だな。ノートリア」

「……あなた、誰？」

「誰、誰……か。ふむ、私の顔に見覚えはないかな？　まあ、世話をしていたのは私ではなく君の兄や姉だからね」

「――」

アリアは目を見開いた。

まるで以前の記憶を呼び起こすかのように、アリアは呟く。

「先、生……？」

アリアの言葉を聞いて、男はにやりと笑みを浮かべた。

＊＊＊

イリスは一人、アリアを追いかけていた。

アルタが先回りして泥棒を捕まえるように動いてくれていたが、どうやら途中で人助けを優先したらしい。

アルタが横の方に抜けるのを見て、イリスはそのままアリアに続いた。

かなり離れたところにはいたが、イリスはイリスで人混みの中でもすり抜けるように駆けていく。

アルタやアリアと違って、さすがにスムーズにはいかないが。

ようやく路地裏の方までたどり着くと、そこは立ち尽くすようなアリアの後ろ姿があった。

「……アリア？」

「……」

呼びかけても、アリアが反応を見せない。

妙な感じがして、近づきながらイリスは再び声をかける。

「アリアっ！」

「っ、イリス」

ビクリ、と身体を震わせてアリアが振り返る。

その表情は、いつもと変わらず気だるげで、特におかしなところはない。

アリアが首をかしげて訊ねる。

「どうしたの？」

「どうしたの、じゃないわよ。呼びかけても反応しないから」

「ごめん。ちょっと考え事してた」

「考え事って、珍しいわね。それより、追いかけていた泥棒は？　まさか、逃げられたの？」

「ううん。捕まえて、騎士の人に引き渡したよ」

「え、この短時間で？　荷物は？」

「返した」

「返したって……だって、さっきの人は向こうに――」

「わたしの魔法ならできるよ」

イリスの言葉を遮るように、アリアがそう答える。

アリアの魔法――《影》を通して武器などを投擲することができる魔法だ。

確かに、それを使えば離れた相手にも荷物を届けることはできる。

けれど、そこまで遠くの相手に渡すことができただろうか。

そもそも、発動にも条件があったはずだ。

「アリア……何かあった？」

「何もないよ。どうして？」

「いえ、その……いつもと違う気がして」

「そんなことない。わたしはいつも通り」

実際、アリアの雰囲気はいつもと変わらない。

勘違いだろうか、そうイリスが考えていると、後ろからアルタもやってきた。

「すみません、少し遅れました。先生、さっきはありがと」

「もう終わったよ。あれ、泥棒は――」

「いえ、アリアさんなら追いつけると思っていましたから。でも、随分と早いですね。この辺りに騎士はいなかったような気もしましたが……」

アルタの言葉に、イリスの違和感は強くなる。

「だから、さっさと連れて行っちゃった。仕事早いね」

「一応、後で確認しておきます――が、その前に、アリアさん。何かありましたか？」

「！　どうして？」

「いえ、少しいつもと違うような気がしたので」

アルタもイリスと同じような疑問を感じているらしい。

それでも、アリアが態度を変えることはなく、

「別に……ちょっと疲れただけ。今日はもう帰るね」

「え……そんな急に」

「イリス、先生とのデート、楽しんでね」

「っ！　こら――」

くすりと微笑んで、アリアはパッとその場から駆け出してしまう。

引き留めようとしたが、アリアの動きはいつも以上に素早くすぐに後ろ姿が見えなくなってしまった。

一見すると、いつものアリアのようにしか見えない。……だが、いつも一緒にいたからこそ、イリスは小さな違和感を覚えた。

「どうかしましたか？」

「あ、いえ……何て言えばいいんでしょうか。言葉では上手く言えないんですけど、アリアの様子がおかしい、というか……」

「確かに、僕も気になるところではあります」

「先生も、おかしいと思いますか？」

「まあ、僕の違和感は泥棒の件の方ですけどね。いくら仕事の早い騎士でも、捕まえた本人から事情を聞かずにその場からいなくなる——そんなことはしません。僕とイリスさんが追い付くまでそんなに時間もかかりませんでしたし」

「じゃあ、アリアが泥棒を逃した、とか？」

「だとすれば、ケースを盗まれた人にはそう説明しないといけなくなりますが……アリアさんがあとでバレるような嘘はつかないでしょう」

「そう、ですよね。それに、アリアから逃げられるような感じでもなかったですし」

そう考えたからこそ、アルタもアリアに泥棒を追いかけることを任せたのだろう。

お互いに疑問を感じながらも、二人で話していても答えにはたどり着けなかった。

「……とにかく、アリアさんについては何かあれば話を聞いてみてください。僕もタイミングがあれば聞いてみます。騎士団には確認してみますので」

「ありがとうございます。ちなみに、さっき助けた人は？」

「ははっ、『助けなどいらなかった』って言われて少し怒られてしまいました」

苦笑いを浮かべながらアルタがそんなことを言う。

どこか武人のような雰囲気を漂わせる返答だった。

「助けてもらってそんな風に答えるなんて……」

「誰かに似てますよねー」

「……？　心当たりがあるんですか？」

「もう物凄く。イリスさんもよく知っている人物ですよ」

「え、誰ですか!?」

イリスは問いかけるが、「さあ、誰でしょうね」とアルタははぐらかすようにしか答えてくれない。

「教えてくれたっていいじゃないですか！」

「これも修行の一つだと思ってください。気付くことも修行ですよ」

「気付くことも……先生、はぐらかしたいだけですよね」

「あはは、そんなことありませんよー」

笑顔で答えるアルタに、どこかもやもやした気持ちを抱えるイリス。

アルタの言葉の人物がイリス本人であると気付くのは、もっと先の話である。

＊＊＊

少女の名はメルシェ・アルティィナ。

ボードル家にメイドとして、そしてエーナの護衛として勤めている。

軍人としての側面も持つ彼女は立場上、エーナ・ボードルの部下という立ち位置にあるが……。

「もう、また勝手にいなくなってしまわれて……」

嘆息しながら、メルシェは周囲を見渡す。人通りの多い市場の方にも、エーナの姿はなかった。

お忍びで王都に先行し観光したい——そんなエーナの無茶な要望に応えてやってきたのだが、メルシェから離れないという約束は早くも反故にされていた。

それどころか、幾度となくメルシェを撒こうとすらする。

メルシェにとっては、困った主であった。

（まあ、実力は本物ですから心配はないかもしれませんが……）

エーナは決して、親の七光りだけで軍人という立場にあるわけではない。

彼女の同期や上司に至るまで、彼女に勝てるものはいなかったのだ——《武神の再来》などと軍内部では呼ばれている。

このままいけば、父の跡を継ぐことも夢ではないだろう、と。

（その武神がこのように奔放では困りますね……）

深くため息を漏らす。

優秀ではあるのだが、どうにも行動力が別の意味でありすぎる。

人混みの中を歩きながら、いよいよメルシェが本気でエーナを見つけようとしたときだ。

「！　エーナ様！」

エーナが、人混みから少し外れたところに立っているのが見えた。

彼女にしては珍しく、何かを見て興奮している様子はない。

むしろ、真剣な表情で考え事をしているようだった。

「……」

「まったく、探しましたよ。お一人では行動しないようにと注意しましたよね？　少しはご自身の立場というものを――エーナ様？」

「……」

メルシェの言葉に、エーナが反応する様子はない。

怪訝（けげん）そうな表情を浮かべて、メルシェは再び呼び掛ける。

「エーナ様？」

「む、お前か……」

メルシェに気付くのも遅れるくらい、深く考え込んでいたらしい。

エーナにしては珍しい――そうメルシェは感じ取った。

（まさか、私のいない間に何か……？）

エーナとて軍人――国に有利に働くことがあれば、率先してその情報を得ることくらいはするだろう。

お忍びとはいえ、視察という意味も含まれているのだから。

エーナが、ぽつりと呟くように口を開く。

「メルシェ、私を抱いたことがある男は、この世に父上しかいない——その話は知っているな？」

「赤子だった頃だけっていうお話ですか？」

「そうだ。そして、私を抱ける者はもういない……そう思っていた」

エーナの言いたいことが、メルシェにはよく理解できなかった。

軍人として生きることを選んだ彼女はよく、縁談の話があれば「決闘で勝てれば」という条件を付ける。そして、大体は決闘という言葉を出した時点でエーナには勝てないと諦めるのだが……。

疑問に感じていると、エーナが言葉を続ける。

「決して油断していたわけではない……だが、私はあの少年に隙を突かれてしまったのだ」

「あの少年……？　どういうことです？」

『あの少年』——先ほどエーナの傍にいた少年の姿が頭を過る。

メルシェの問いかけに、エーナが頷いて答える。

「初めて父上以外に抱かれて、その、胸が高鳴ってしまって……どうしたらいい？」

「……は？」

頬を紅潮させて、まるで乙女のようなことを口にするエーナに、メルシェは驚きの目を見開く。

果たしてメルシェのいない間に何があったのか——それ以上に、エーナのそんな姿を見ることになるとは、メルシェもまるで予想していなかった。

＊＊＊

「報告は受けていない？」

「ええ、本日は窃盗犯を捕らえたという話はありませんが……」

市場から少し離れたところにある《黒狼騎士団》の詰所。

そこの騎士に尋ねたところ、そんな返答があった。

結局、イリスはアリアを心配して学園に戻ることにしたので、それを送り届けて一人ここへやってきたのだ。

先ほどアリアが騎士に引き渡したという盗人を捕まえているのなら、ここに連行されているはずだ。

けれど、話を聞いてみるとそんな話も報告もない、という。

「それはいつ頃のお話ですか？」

「時間はそれなりに経過していましたから、もう報告はあってもいい頃だとは思うんですけどね」

「まだ戻っていない騎士がいますので、ここでお待ちになられますか？」

「いや、捕まえたのならすぐにここに来るはずですから。僕は一度、現場の方に戻ってみますよ」

「承知しました。何かあれば現場に騎士を派遣します」

「はい、よろしくお願いしますね」

そうして、僕は詰所を出る。

やはりアリアが嘘をついている――あの時、イリスも違和感があると言っていたが、どうやら間違いではないようだ。

（アリアさんが嘘をつく理由……）

さすがに見当はつかない。

途中目撃した犯人は男――ひょっとしたら、その男とアリアが顔見知りだったという可能性もある。

だから見逃したのであれば、一応説明はつく。

だが、これればかりは本人に聞いてみなければ分からないことだ。

（……と言っても、本人が『引き渡した』と言った以上、問い詰めても仕方ない、か。はぐらかされるだけだろうし）

仮にケースが盗まれたままだとすれば、おそらく騎士団の方にも盗まれた側から連絡がいっているだろう。

けれど、そのような報告も入っていないという。

泥棒がいて、ケースが盗まれたという事件自体――把握している者がいなかった。

僕は一先ず、市場の方へと向かう。

丁度、ケースが盗まれたと思われる場所の近くに出ていた露店で話を聞いてみることにした。

「あの、すみません」

「いらっしゃい、お使いかい？」

「いえ、少し話が聞きたくて」

「……あん、こっちは仕事中でよ。悪いがそういう暇つぶしは他を当たってくれねえかな？」

店主の態度が一変する。子供が遊んでいるくらいに思われたのだろう。

……このくらいのことは慣れている。

僕も騎士ではあるけれど、残念ながら見た目や年齢も相まってそう見られることはまずない。

わざわざ説明するよりも、軽く話を聞くだけなら簡単だ。

「まあまあ、そう言わずに。これ、一つ買いますから」

「毎度。……仕方ねえな、何が聞きたいんだよ？」

「先ほどこの付近で盗みがあったと思うんですが」

「ああ、『泥棒だー！』とか男が叫んでたやつか。女の子が一人追っかけてたな。ありゃすげえ動きだったぜ」

どうやら店主は、泥棒とアリアの動きをしっかりと見ていたようだ。

けれど、重要なのはそこじゃない。

「その時なんですが、荷物を盗まれた人は、どうしていました？」

「あん？　どうって……そういや、気付いたらいなくなってたな。騎士でも呼びに行ったのかと思ってたが――って、探偵ごっこか？　そんなこと聞いてよ」

「あはは、まあそんなところです。ありがとうございます」

「遊ぶのはいいけどよ、そういうのは騎士に任せるもんだぜ」

「ですねー、気を付けます」

まさに僕はその騎士であるのだけど、そこは伏せておこう。

……店主の話を聞く限りでは、やはり泥棒がいたことは事実のようで、この辺りの人間であればそれを把握している。

きっと事件は解決したものだと思っているのだろう。

実際には泥棒も、ケースを盗まれた被害者もいなくなっているというのが事実だった。

(やっぱり、アリアさんにもう一回聞いてみるしかないか)

考えたところで仕方ない。

僕は一度、学園の方へと戻ることにする。

アリアから話を聞いて、それでも引き渡したというのなら、もう一度詰所に戻って確認してみよう。

奇妙な話ではあるけれど、被害が届けられていない以上——騎士はそれ以上の仕事はしない。いや、できないというのが正しい。

……レミィルなら、面白そうだと食いつきそうな話ではあるけれど。

学園の方へと戻り、女子寮に直接向かうと、周囲を見渡すイリスの姿があった。

僕に気付いて、イリスがすぐに駆け寄って来る。

「先生！　アリア、どこかで見ませんでしたか？」

「！　いないんですか？」

「部屋にはいなくて……学園の敷地内も色々と見てみたんですけど、見つからないんです」

心配そうな表情で、イリスがそんなことを口にする。

もしかすると、まだ学園には戻っていないのかもしれない。

「どこかで休んでいるのかもしれませんね」

「体調も悪そうだったし、私もう一回学園の外を探してきます！」

「ああ、それなら僕が――」

「その必要はないよ」

僕の言葉を遮ったのは、そんなアリアの声だった。

ふわりと空から落ちてくるように、アリアがやってくる。

神出鬼没というのは、まさにこのことを言うのだろう。

イリスがアリアの下へと駆け寄る。

「アリア！　どこにいたの!?」

「屋上。疲れたから休んでた」

「屋上って、そこも探したはずなんだけど……」

「イリスに見つけられるほど甘くないよ」

「もう、心配するでしょ……」

二本指でピースをして答えるアリアを見て、イリスが安堵した表情を浮かべる。

一先ず姿を消したわけではないようだ。

「先生、騎士の人から話聞いてきたの？」

「！　はい、先ほど」

「もしかして、いなかったって言われた？」

まるで僕の考えを見透かしているかのように、そう問いかけるアリア。

そういう可能性も視野に入れていたかのようだ。

僕は頷いて答える。

「ですね。まだ報告がないだけかもしれませんが」

「ううん。たぶん、ない」

「どういうことです？」

「わたしが引き渡した人が、騎士じゃなかったのかも」

アリアが少ししゅんとした表情で、そんなことを口にする。

騎士ではない人に引き渡した――つまり、アリアが捕まえた泥棒の協力者だった、という可能性の話をしているのだろう。

（確かにそれなら筋は通るけど）

「ですが、荷物を盗まれたという報告がまだないんですよ」

「あ、それならアリアが返したって言っていましたよ。荷物は取り返して、魔法を使って返したって」

イリスがフォローするように答える。

荷物を取り返して被害者に返した——そこまでしているというのなら、確かに事件は解決している。

問題となるのは、泥棒と引き渡した騎士の行方だ。

いくつか疑問は拭えなくはないけれど、アリアはあくまでやるべきことはやった、ということだろう。

それに、追いかけるのを任せたのも僕だ。

「……となると、騎士を騙った者と泥棒は逃げた可能性があるわけですね」

「ごめんなさい。気付かなかったかも」

「いえ、それはこちらの責任になりますから。アリアさんはきちんとやってくれましたよ。

騎士の人相とか分かりますか？」

「うん、後で紙に描いて渡す」

アリアがこくりと頷いて答える。

ここまで協力的なら、アリアが泥棒を庇っている、という線もなさそうだ。

(生徒を疑う、なんて。講師としてはできればしたくないからね)

騎士であると同時に、今はこの学園の講師でもあるのだ。

一先ず、僕の方でこの話は調査を進めることにしよう。

「あ、そうだ。アリア、体調は大丈夫なの？」

「平気。疲れただけって言ったよね。わざわざデート切り上げてきたの？」

「そもそもデートじゃないわよ……。とにかく、何もなくてよかったわ」

「イリスの心配をするのはわたしの役目だから、イリスは何も心配しなくていいよ」

相変わらず仲の良い二人だ。

休みの日も僕と遊ぶより、二人で一緒にいた方が楽しめるだろう。

結局、この日は少し謎の多い事件が起こっただけで終わることになる。

この数日後――アリアが姿を消すことになるとは、僕もイリスも全く想像していなかった。

＊＊＊

僕は《黒狼騎士団》の本部へとやってきていた。

僕の方からレミィルの下を訪れるのは久々のことだ。

大体、呼び出されて向かうことの方が多い。

団長の執務室に入るやいなや、数名の騎士が並び立っているのが目に入る。その先に、団長であるレミィルは座っていた。……拘束される形で。

「数日ぶりだな、アルタ・シュヴァイツ一等士官」

「元気そうで何よりです」

「あっはっは、これが元気そうに見えるかな？」

書類の山をまだ処理しているようで、どうやらここ数日はずっと執務室に監禁されているようだった。

今までサボったツケが回ってきたというところだろう。

団長ならば隙さえあればいくらでも逃走できる――ゆえに、数名の監視兼手伝いの騎士がここに集まっているのだ。

僕は団長のすぐ傍に立つ騎士に目配せして、

「ご苦労様です、少し席を外してもらっても？」

「承知致しました。ただし、部屋の中での見張りは――」

「分かってますよ。逃げようとしたら捕まえますから」

「理解が早くて助かります」

「君達、一応ここの騎士団で一番偉いの私なんだが？」

「それなら団長らしくしてくださいよ……」

僕は嘆息しながら席につく。

レミィルもまた、身体を自由にしてもらい、肩を鳴らしながらソファーへと腰掛けた。

レミィルを見張っていた騎士達も外へと出ていく。

「いやぁ、久しぶりの休憩だよ。助かった」

「そろそろ団長が泣き言を言い始める頃かと思いまして」

「さすが私の信頼する騎士だ。このまま私を外に逃がしてくれないか？　デートしよう」

「仕事が終わったらいいですよ」

「君も厳しいなぁ……」

苦笑いを浮かべるレミィル。もちろん、僕はレミィルを仕事地獄から助けに来たわけではない。

「それで、アリアさんのことですが」

「ああ、姿を消した君の生徒か。一応、いくつか照会はしてみたよ。残念だが、該当者はいなかった」

「そうですか……」

僕がレミィルに依頼したのは、アリアを知る人物がいないかどうか。彼女の本質は元より、《暗殺者》のそれに近い。

イリスの話を聞く限りではそういう組織に所属していたという可能性も高かった。

だからこそ、現在捕らえている殺し屋や関連する組織の人間に確認してもらったのだけれど……。

「しらを切っている可能性もあるが、元より彼らに接触できる者は限られているからね。話を聞く限りではその事件――騎士に扮した者と、荷物を盗まれた者。それに盗んだ者……いや、あるいは騎士に扮したという者自体がいなかった可能性もある。どのみち、彼女の年齢を考えれば可能性は低かったろうね」

「ですね。それでも、何も情報がないよりはよかったですよ」

「得られなかった、というのが情報になるのかな」

「団長が優先してくれたからですよ。ありがとうございます」

「なに、女の子一人が行方不明になっているんだ。優先もするさ。公開捜査にするならもう少し時間はかかるけれどね」

「はい、それも分かっています」

アリアが姿を消してからまだ数日しか経過していない。

公開捜査となると、各所との連携もあるためそれなりに時間がかかる。

それに、少なからずいなくなった原因に心当たりがないわけではなかった。

間もなくやってくるという帝国の人間――タイミングだけ見れば、あまりに合致しすぎている。

（……飛躍しているとも言えるけれど、警戒しておくことに越したことはないか）

結局、あの日に起きた窃盗事件も目撃者はいても逃走劇が見られていただけに過ぎない。

何人かの騎士には協力して捜査してもらっているけれど、事件を追ってもアリアに関する手掛かりは中々出てこなかった。

「……」

「もしかすると、の話をしておくと、だ。間もなく帝国の視察団がやってくるだろう？」

レミィルが、僕の考えていた『可能性』の一つを口にする。……確かに、そのことも考えてしまう。

「アリアさんが、帝国の視察団の動向を知って動いた、と？」

「そこまでは言わない。だが、何かしら接触があった可能性もある、という話だよ。聞いたところによると、君の生徒はかなり実力のある子らしいじゃないか」

「そうですね。アリアさんの実力は……正直言えば、イリスさんに近しいところにあると思います」

「！　イリス嬢に並ぶ、か。そうなると、彼女の対抗勢力としては十分な実力にはなるね」

「団長、その前にですが……帝国の視察団が狙われるような動きがあるんですか？」

「今のところ、王都では確認されていないよ。王国と帝国の関係が良くなっていくことをよしとしない者も……存在しないわけではないけれどね」

『戦い』によって得をする者は、少なからず存在する。それは、王国にも帝国にも、だ。

アリアが姿を消したからといって、そんな勢力と合流したと考えられる証拠は一つもない。

だが、レミィルの話も、あり得ないことではないのだ。

「……」

「いや、こういう話をするべきではなかったね。それにしても——君が深刻そうな顔をするとは珍しいね。まあ、気持ちは分かるが」

「！　そんな顔してましたか？」

「いつもならどこまでも冷静な男だからね、君は」

「……まあ、僕のすぐ傍でずっと彼女のことを心配している人がいますからね」

イリスは、表向きには普通に振る舞っているが、やはりアリアのことがずっと気掛かりなようだ。

この状況でも、案内役を引き受けたのはさすがというべきなのかもしれない。

(アリアさんを見つけるのが、一番の解決策かな。……僕の弟子でもあるわけだしね)

彼女にも、僕は剣を教えている。

護衛対象というわけではないが、アリアは僕の生徒で弟子なのだ。人並みに心配はする。

(まあ、そこが変わったって言われるところかもしれないが——)

「私も君にもっと協力したいのだが、この状態ではな」

「団長はそのままで大丈夫です」

「少しは悩んでくれ？　私を連れていったらメリットあると思うよ？」

「あはは、仲間に追われるのはデメリットなんですよねー」

どう見ても脱出の交渉をしてきたレミィルを切り捨てて、僕は執務室を後にする。恨めしそうな表情で僕を見るレミィル。

……定期的に息抜きできるよう根回しくらいはしておこう。

「さて、どうするかな」

やれることはいくらでもあるが、逆に言ってしまえば手をつけるべきところが分からない。

一先ず、目先にある帝国の人間の案内――この仕事に力を入れることにする。

学園に戻ると、校門の前でイリスが待っているのが見えた。

僕に気付くとすぐに駆け寄ってきて、

「アリアのこと、何か分かりましたか？」

そんな風に尋ねてくる。

僕は、その問いかけに首を横に振って答える。

「残念ながら、これと言った情報はありませんでした」

「そう、ですか……」

落胆した表情を見せるイリス。

普段の生活では落ち着いた雰囲気を見せているが、放課後になるとこうだ。

人前では見せないようにしているようだが、やはりアリアのことが心配なのだろう。

クラスでは混乱を招かないように家の都合でしばらく来ないという風に伝えてはいるが、公開捜査となったらそうはいかない。

少し前にイリスが狙われる事態があったばかりで、今度はイリスと普段から一緒にいるアリアが失踪——噂話に尾ひれがついてもおかしくはない。

「アリアなら、大丈夫だとは思うんですけど……。何でいなくなったのかが分からなくて」

「何か事情があることには違いないでしょうが、数人の騎士には協力してもらっています。今は情報を待ちましょう」

「ありがとうございます。私は……私にできることをしないと、ですね」

この状況でも、イリスは帝国からやってくる元帥の娘——エーナの案内役を引き受けた。

責任感のある彼女らしいところではあるが、正直心配なところでもある。

重役に加えて、友人であり家族でもあるアリアの失踪。イリスにとっての精神的負担は相当なものだろう。

「イリスさん、あまり無理はしないようにしてくださいね。無理なら代わることだってできますから」

「大丈夫です。元々、私に依頼のあったことですから。でも、アリアのこと……何か分かったらすぐに教えてください」

「それはもちろんです」

（可能性の話は――今はやめておくか）

アリアの消えたタイミングと帝国側の視察に関わりがないとは言い切れない。

むしろ、僕からすればタイミング的にはあまりに合致しすぎている。

今の今まで、アリアは学園の生徒として普通に過ごしてきたのだ。

それが、イリスが案内役を引き受けることになってすぐ姿を消した――関係ないと言い切ることはできない。

それでも、その可能性をイリスに指し示すことは彼女にとって負担になってしまうだろう。

（アリアさんの身のこなしはほぼ間違いなく暗殺者の類……。帝国の視察団がやってくるこの状況で、よりにもよって姿を消すなんて――）

僕の立場で言えば、『万が一』の可能性まで考慮しなければならない。考えたくはないことだけれど、そこまで考えておかなければならないのだ。

もちろん、可能性だけで言えば、他にも理由はあるだろう。

ただ、あれだけイリスのことを大切に思っているのに、何も言わずに姿を消すということは余程のことがあったとしか考えられない。

……だからこそ、仮にイリスが案内役を引き受けないことになったとしても、僕は帝国の要人警護の任に就くつもりだった。

それがアリアのためでもあり、イリスのためにもなるからだ。

「一先ず、今日は休んでください。帝国の視察が来るのは来週のことですし」

「……はい。そうしないと、アリアに心配されてしまいますよね」

イリスの言葉に、僕はこくりと頷く。

ふとした拍子にでも、アリアが姿を現すのではないかと期待してしまう——けれど、彼女が現れることはなかった。

アリアがいなくなってから数日。それでも時は過ぎていき、僕とイリスが案内役としての仕事を務める日は、刻一刻と近づいていた。

＊＊＊

——ほんの数日前のこと。

アリアは寮を出て一人、夜の町を駆けていた。

黒のコートに身を包み、全身に武装を施す。

アリアがここまで武装をするのは久しぶりのことだった――完全に戦うための準備をしてきたのだ。

アリアは建物の屋根から屋根を飛ぶように移動して、とある建物の上で立ち止まる。

「やあ、待っていたよ、ノートリア」

「――先生」

アリアは表情を変えることなく、その男を見る。

白衣に身を包んだ白髪の男――アリアにとって、最初の『先生』。

もう何年も会っていなかったが、その容姿にそれほど変化はない。

白髪の男はアリアのことを見定めるように、

「その武装……まさか、私と戦うつもりできたのかな？」

「……その必要があれば、わたしはあなたと戦う」

「ははは、面白い冗談が言えるようになったんだね。ノートリア」

にやりと笑みを浮かべて、男はアリアの方に向かってくる。

アリアは《漆黒の短刀》を構えて、臨戦態勢に入る。

少なくとも、今のアリアにとってこの男は敵にしかならない。

アリアの『秘密』を知っており、アリアに深く関わりのある人間だ。その秘密を知ってしまえば、イリスにも危険が及ぶ可能性がある。

イリスに話せば、きっと彼女はアリアのことを放っておかない。

——そう思ったからこそ、ここにやってきたのだ。

……アルタならば、イリスを守ってくれるだろう。仮にアリアに何かあったとしても、だ。

それだけの実力がアルタにあることは、アリアも分かっている。

(先生の力は、イリスのために使われるべきだから)

たった一人で、《剣客衆》という殺し屋集団を打倒している——アリアもその一人と戦ったが、あのまま戦っていたら無事では済まなかっただろう。

アルタがいたからこそ、イリスは守られる。アリアのせいで、イリスの傍を彼が離れるようなことがあってはならない。

だから、アリアは自らの手で——始末を付けるつもりであった。

そうすれば、また『日常』が戻ってくるのだから。

「そんなに警戒しなくてもいい。私は別に君を殺すつもりはないよ」

「……だったら、何の用？　あんな芝居までして、わたしを呼び出した理由は？」

ケースを盗まれた男も、盗んだ男もグルだった。

目の前にいる男がそうなるように差し向けたに過ぎなかったからだ。

「やれやれ、冷たいな。やはり私では君の警戒心は解けないか。それじゃあ、この子達（たち）ならどうかな？」

男の言葉に従うように現れたのは、二つの影。

漆黒のローブに身を包み、赤い模様の入った仮面を着けている。

その素顔を窺（うかが）うことはできないが、ほとんど感じられなかった気配に、アリアは再び身構える。

そんなアリアに対して、男は手で制止するような仕草を見せ、

「落ち着くといい。別に彼らは君の敵じゃない。何せ君達は、同じ『ノートリア』じゃないか」

「――っ!?」

アリアは目を見開いた。

現れた二人は仮面を外して、その素顔を見せる。

アリアと同じ髪色に瞳。

顔もアリアに似ているが、どこか大人びた印象を受ける。

その二人の顔は、アリアがよく知っているものだった。

二人の肩に手を置いて、男は口元に三日月のような笑みを浮かべて言い放つ。

「君の『兄』と『姉』だ。懐かしいだろう？」

「……嘘、だ」

「嘘なものか。私が彼らを殺したと思ったかな？　そんなことはしないさ……君の『父』はそんな残酷なことはしないよ」

「っ！　父さん、も……？」

「ああ、彼もここに来ることになっているよ。この仕事は重要だからね」

「仕事……？」

男の言葉を聞いて、アリアは問い返す。

察してはいた——アリアに接触をして呼び出したということは、すなわちアリアを必要としているということ。

アリアの両手が震える。戦うためにやってきたのに、二人の顔を見ると、どうしても武器を振るうことができなかった。

「簡単なことさ……。この仕事をこなせば、君はまた元の生活に戻れる。望むのなら、この二人との生活も保障しよう」

男がはっきりとそう口にするのを聞いて、アリアはゆっくりと構えを解く。

アリアの取るべき選択肢は、一つしかなかった。

第3章 帝国視察団

王都の様相はいつもと変わらない。けれど、僕とイリスは数名の騎士と共に、帝国からの視察団を迎える日となった。

《オレンソ》区画――帝国側に位置する区画であり、ここは《聖鎧騎士団》による強固な防衛線が敷かれている。

表向きには友好国と言っても、結局のところ警戒は常に行われているという事が目に見えて分かる。

「緊張はしてないですか？」

「……少しだけ。でも、大丈夫です」

僕の問いかけに、イリスが答える。

少し着飾った騎士風の装いに身を包んだイリス。青と黒を基調として、貴族らしく飾りもしている。

後ろに控えているのは《黒狼騎士団》も含めて数名――僕とイリスが、帝国元帥の娘であるエーナ・ボードルの傍に付くことになる。

帝国側からは他に数名、貴族がやってくることになっている。

各所の騎士達が護衛に付くことになるが、やはり一番の大物はエーナということになるだろう。

何せ、軍部のトップの娘だ――彼女に何かあれば、それこそ外交問題になりえる。

(僕も少しは気合い入れないと、かな――っ！)

そんなことを考えていると、不意にこちらに近づいてくる気配を感じた。

騎士達も控える中で、ここに向かってくる者がいるとは。

(まさか、早速刺客が……？　そんな情報はなかったはずだけど)

少なくとも、怪しげな動きがあったという報告はない。

もちろん、帝国側の視察団が来るからと王国内での調査はより一層慎重に行われた。

まだ視察団もやってきていない状態で、ここにやってくる者がいるとは。

イリスもそれに気付いたらしく、いち早く警戒態勢を取る。

「先生……！」

「伝令ではないようですが」

僕とイリスの前に降り立つように現れたのは、黒い制服に身を包んだ少女――ふわりとコートが舞う。帽子を目深に被(かぶ)って、その素顔を窺うことはできない。

背後に控えていた騎士達も一斉に構えを取るが、

「ふはっ、ここに来る前に反応できたのは前の二人だけか。人材不足か——王国の騎士は」

「！　あなたは……」

イリスが何かに気付いたような素振りを見せる。

僕もまさかとは思ったが、護衛の優先対象が単独でやってくるとは想像もしていなかった。

スッと立ち上がった少女は僕達を見て、はっきりと宣言をする。

「その通り。私は《ファルメア帝国軍》所属、エーナ・ボードル少尉——っ！」

「……？」

……宣言をしたと思えば、僕の方を見てピタリと言葉を止めた。

突然のことで、さすがに僕も驚きを隠せない。

イリスも、困惑した様子でエーナの方を見る。

エーナはというと、何故か硬直したまま、言葉を詰まらせている様子だった。

「な、え、どうし……」

「どうかしましたか？」

「いや、その……」

（……まさか、格好良く登場しようとして台詞を忘れた、とか？）

エーナのあまりに芝居がかった登場に、そんなことさえ考えてしまう。

困惑する僕達の下にもう一つ、気配が近づいてくる。

遅れてやってきたのは同じく帝国軍の制服を着た少女——深く頭を下げてから、少女は口を開いた。

「——失礼しました。この方がエーナ・ボードル少尉です。私はエーナ様の護衛であり、直属の部下でもあるメルシエ・アルティナ。階級は准尉となります。お見知りおきを」

こちらは丁寧で、普通の挨拶だ。

先ほどとのギャップに驚かされながらも、イリスはハッとした表情で続く。

「あ、えっと……イリス・ラインフェルです。私が今回案内役を務めさせていただきます」

「イリス様ですね。ラインフェル家のご令嬢——お話は聞いております。そちらは？」

「アルタ・シュヴァイツです。シュヴァイツ家は地方の貴族ではありますが、この度付き人を務めさせていただきます。ご同行をお許しいただければ、と」

イリスに次いで、僕も挨拶をする。

固まってしまったエーナの代わりに現れた少女——メルシェが頷（うなず）く。

「承知しました、アルタ様。それと、少々お待ちを」

そう言って、メルシェはエーナの下へと近付く。

エーナの耳元で何かを囁くと、エーナが再び意識を取り戻したように、

「こほんっ、失礼した。少し驚いたことがあってな」

「驚いたこと、ですか？」

「ふっ、気にするな、イリスよ」

「エーナ様、お相手は王国でも屈指の家柄のお方です。そのような態度は……」

「これから案内を頼むのだ。多少は崩した方が話しやすいとは思わないか？」

問いかけるように、エーナがイリスの方を見る。

イリスもそれに呼応するように頷いて、

「……そうね。それでいいのなら、エーナと呼ばせてもらうわ」

「ふはっ、順応が早くて助かる。さて、まずは早々に落ち着ける場所で話でもしようではないか」

「まだ他の視察団の方が到着していないようですが。……というか、相当先行されてきましたね」

僕も思わず本音が漏れてしまう。

何せ、ここからなら多少離れていても馬車くらいは確認することができる。

それすらも見えないということは――おそらく彼女達は予定日よりも早く王国入りしていたのだろう。

何が目的なのか分からないが、派手な登場をするためだけにそんなことをしたとも思えない。

（……他の騎士達にも気付かれずにやってくるくらいだ。腕も立つみたいだね）

帝国側の情報は、僕の耳にも届いている。

エーナ・ボードル——帝国元帥の娘であるが、娘であるがゆえに軍部に所属しているわけではない。

彼女自身が、実力のある軍人であるということが大きいとのことだ。

若くして頭角を現し、女性ながらも将来は帝国軍部の中枢に立つことは間違いないと言われている——そんな彼女と、王国でも重要な立場にあるイリスが上手く繋がれば、それは二国間の友好にも大きく関わってくるだろう。

そういう意味で、イリスとエーナがこうして出会うことには意味があった。……のだが、どうしてだろう。エーナは何故か、僕の方にはあまり視線を向けようとはしない。

「……他の奴らは気にしなくていい。どのみち、奴らとは別行動だからな」

「お察しの通り、私達だけが先行して来ているので……申し訳ございませんが、先に案内をお願いできればと」

やや横柄とも取れるエーナに対し、丁寧に頭を下げて言うメルシェ。

僕と同じ黒狼騎士団に所属する騎士が数名、エーナの護衛には付くことになっている。

一番近くでエーナを守るのは僕とイリスだ。

一先(ひとま)ず、エーナが望むのであれば、僕はそれに合わせて行動するまでだ。

「では、僕とイリスで案内致しますので。こちらに」

「……ああ、宜(よろ)しく頼む」

予想とは違った形になったが、僕とイリスの仕事が始まった。

およそ三日間——エーナの視察に同行することになる。

＊＊＊

揺れる馬車の中、僕とイリスの対面にエーナとメルシェが座る形となった。

これから一度、《フェンコール》区画にある《黒狼騎士団》の方へと向かう。

約三日間の間に、決められたルートに沿って移動していくことになる。

一先ず、騎士団の本部を最初は見学する予定となっていた。

もちろん、一般の人間が入れる場所までであるが。

少女とはいえ、エーナとメルシェは二人共軍人だという——そういう意味では、王国よりも若年から戦える人間を多く取り入れているのかもしれない。

移動中の馬車の中でも、イリスとエーナが打ち合わせという形で話を続けていた。

「騎士団本部を見学してから、目的となるいくつかの箇所を回る予定になるけれど、問題はない？」

「ああ、こちらとしてもいくつか場所を確認してから互いに話し合い、催事について決定するつもりだ。私の目的はあくまで視察——これに尽きるな」

資料に目を通すエーナの表情は鋭く、およそ少女とは思えない威圧感を放っている。

黒の軍服が、彼女の雰囲気をより際立たせていると言えるだろう。

その隣、メルシェは落ち着いた雰囲気のまま、同じく資料に目を通していた。

僕とイリスもそれに合わせて資料を読み合わせていく。

もっとも、僕とイリスはすでに資料の確認は終えているが。

……この三日間、警備にはもちろん細心の注意を払っている。馬車を操る御者もまた、騎士団から派遣されていて、少し離れたところに騎士団の護衛も続く。

あくまで目立つように隊列を組むようなことはしない——結果的には、エーナという少女にはそれが合っていたようだ。

「私に対する警備が随分と多いようだが」

「申し訳ないけれど、これくらいのことはさせてもらうわ」

「ふはっ、私も別に嫌味を言うつもりはない。何せ、《剣聖姫(けんせいき)》自ら護衛についてくれているのだからな。それに……」

ちらりと、エーナが僕の方を見る。

僕は笑顔で返すが、エーナがふいっと視線を逸らしてしまう。……もしかすると、彼女は子供が嫌いなのだろうか。

（それとも僕が護衛だと……？　さすがに初めから気付く人はほとんどいないと思うけどな）

見た目で判断されることには慣れている。はっきり言って、僕は普段通りなら誰から見てもただの子供でしかないのだから。

さすがに、この護衛団を任されているのが僕だとは、エーナも気付かないだろう。

「……こんなに護衛はいらない――と言いたいところだが、私も私の価値は理解しているつもりだ。私に何かあれば大きな問題になる、ということはな」

「理解してもらっているのなら助かるわ」

「ふはっ、私の立場くらいはな。その上で、視察の時は数を減らしてもらいたいものだが」

「！　エーナ様」

メルシェがすぐにエーナの言動を咎めるように口を開く。

だが、エーナがスッと手を出して制止し、

「私の身くらい私も守れるつもりだ。無論、お前達の考えも理解している――だからこそ、減らせという譲歩の話だ」

「それは……」

イリスがちらりとアルタに視線を送る。……その辺りの判断は僕がすることになっている。

エーナとしては、無駄に騎士を引き連れて動きたくはないということだろう。

一団と共にやってこなかった辺り、そういう感じはしていた。

正直言って、彼女は国賓と言ってもいい——本来ならば、もっと護衛を増やしてもよいくらいなのだが、

(まあ、僕が常に近くにいればいい話……ではあるか)

ため息をつきたくなるところをこらえて、頷く。

少なくとも数十人分の騎士の護衛の仕事なら、僕一人でもある程度カバーはできる。

早い話、いつもより気合いをいれて仕事をしろという話だ。

(減らした騎士の分、僕が負担するわけだから……まあ団長から特別給くらいはもらえるか)

サッとそんな計算も終えた。

《黒狼騎士団》の護衛の編成は、僕とレミィルが話し合って決めたもの。

メンバーについてもある程度把握しているが、それなりに実力のある者達を集めている。

それも当然だ——エーナを守るのに、半端な戦力を連れてきても仕方ない。

その上で、僕にかかる負担を考えれば……まあ、十分にカバー可能な範囲であると考える。

イリスは僕が頷いたのを見て、エーナに答える。

「分かったわ。護衛については、本部についたら再編成という形で対応させてもらうわ」

「理解が早くて助かる。さて、これで王都観光——」

「エーナ様」

「……王都視察も捗るな」

……それとなく、エーナという少女が軍人なだけではなく年相応であるということも感じられるところがあった。

こうして、僕達四人は一先ず騎士団本部へと向かった。

特に大きな問題もなく、僕達を乗せた馬車が《黒狼騎士団》の本部に到着すると、レミィルを含めた騎士達の出迎えがあった。

エーナが馬車から降りると、早々にレミィルの前に立ち、

「初めましてだが、話に聞いている特徴が一致する——レミィル・エイン騎士団長か？」

「ええ、お待ちしておりましたよ。エーナ・ボードル様」

そうして、お互いに挨拶を交わす。

毅然(きぜん)とした態度のエーナに対して、レミィルもまた普段見せないような真面目な騎士の姿を見せる。

　ついこの間まで部下に追われていた騎士団長とは誰も思わないだろう。

　レミィルは微笑(ほほえ)みながら、エーナをエスコートするように礼をする。

「本部の見学については私の部下が致しますので」

「ああ、わざわざすまないな。騎士団長も忙しい身だろう」

「いえ、本来ならば私がご案内したいところなのですが――」

　ちらり、とレミィルが後方に視線を送る。

　その視線に応えるように、後ろで待機していた騎士が頷(うなず)いた。……おそらく、エーナのことを案内したいと言うのはレミィルの本心なのだろう。

　そして、本来ならばレミィルも案内役に加わる予定だった――僕は少なくとも、レミィルからそう聞いている。

　けれど、レミィルが加わらないということは、考えられる答えは一つ。

（……まだ仕事片付いてないのか）

　何となくそれを察してしまう。

　何せ、レミィルはついこの間まで怪我(けが)もしていて、それを理由に仕事をサボっていた節もある。真面目に取り組めば彼女は優秀な騎士なのだが……こんな時でもある意味では彼女らしさというのが垣間見えてしまった。

エーナに続いて、メルシェとイリスが案内に従って建物の中に入っていく。

イリスも貴族ではあるが、こうして騎士に案内されて騎士団内を見学する機会は少ないだろう。少しだけその表情は嬉しそうだった。

……何せ、彼女はこの国の《王》ではなく、最強の《騎士》を目指しているのだ。騎士団自体、彼女にとっては憧れの場なのかもしれない。

楽しんではならないと心の内では葛藤しているのか、嬉しさを隠そうとしている辺りが本当にイリスらしかった。

（まあ、イリスさんもまだ子供ということだね。それよりも――）

「団長、まだ仕事終わってなかったんですか」

エーナ達から離れて、僕は彼女達を見送るために残ったレミィルの横に立つ。

レミィルは視線を逸らすことなく口を開いた。

「君は行かないのか？」

「四六時中、一緒でなければいけないわけではないですから。少なくともここにいる限り彼女は安全でしょう」

「違いないな。だが、君が騎士であることはバレていないだろう？　私と話しているところを見られたらどうする？」

「僕も一応貴族ですから、別に団長と話しても問題ないですよ」

「あ、そうか。あはは、あまりに金にうるさいものだから時々忘れてしまうよ」

「まあ、僕も貴族らしくないとは思いますけどね。それより、仕事はどうしたんです？」

「いやー、君に頼まれた仕事をしていたらちょっと、ね」

「……それは僕に手伝えと言っているんですか？」

レミィル曰く、仕事が終わっていないのは僕が依頼したアリアに関する調査で時間が取られたからだ、と言いたいらしい。

そこを突かれると僕からは何も言えなくなるのだが、レミィルはくすりと笑って、

「冗談さ。君はＶＩＰ対応に忙しい身だ——ここは騎士達が集まる場所だからね。息抜きとまでは言わないが、君の気が少しは休まる場所なんじゃないか？」

「気が休まるって程ではないですけど。でも、別に彼女達と一緒にいるからって気疲れするってわけでもないですよ。イリスさんもいますし」

「ほう、君は随分と《剣聖姫》を信頼しているな」

「ついこの間、僕達に協力してもらったばかりじゃないですか」

「おっと、その通りだった」

レミィルが肩を竦める。

イリスは騎士団の中でも、《剣客衆》と互角に戦いを繰り広げた少女として評価が上

がっている。

普通の貴族であれば、狙われていると分かって自分の身を危険に晒す者は少ないだろう。

……もちろんそれは、貴族に限った話ではないが。

自らが狙われているから、自らを犠牲にして片を付ける――そんな選択ができる貴族がいるのだ、と。

そういう意味では、騎士団の中では騎士としての評価よりも《王》として、何より貴族としての彼女の評価が上がってしまっているところはあるのだが。

「それに、エーナ様も相当な実力者のようです」

「ああ、それはそうだろうね。帝国軍元帥の娘――彼女の実力は親の七光りではない。護衛は不要……なんてことを言われたらどうしようかと思ったよ」

暗にイリスのことを指しているのかもしれない。

冗談めかして言うレミィルに、僕は先ほどエーナが言っていた事実を告げる。

「いらないとは言われませんでしたが、減らせとは言われましたよ。『自分の身くらい自分で守れる』そうです」

「……なるほど、冗談でも言うものじゃないな」

レミィルの表情が若干ひきつったものになる。もしも不要と言われていたら、僕の負担はより一層大きくなっていただろう。

「はい。そういうわけで、護衛チームは再編成します。まあ、減らした分は僕がカバーするので、よろしくお願いします」

「その『よろしく』は何のよろしくなのかな?」

「特別給」

「あはは、ブレないなー、君は……」

僕とレミィルはそんな会話をして、お互いの仕事へと戻ることとなった。

騎士団に駐留する時間もそれほど長くはない——僕は早々に名簿を取り出して、護衛の騎士の再編成に取り掛かることにした。

＊＊＊

《黒狼騎士団》本部の見学にはそれほど時間をかけることもなく、エーナと共に僕達は次の目的地へと移動することになった。

元より見学する場所も限られている——ある程度自由行動ができるのならば、エーナも軍人としてもう少し見学に力を入れたのかもしれないが。

一応、騎士の訓練風景についてはしっかりと目を通していた。

そういうところの方が、興味は湧くようだ。

……むしろ騎士を目指しているイリスの方が興味津々な様子だ。

まあ、イリスの立場上、実力はあってもすぐに騎士になることは難しい。

特に上流の貴族であるイリスは真っ当に学園を卒業したという経歴が必要になる——あくまで、周囲からの目を気にしてのことになるが。

それと、イリスはまだ《王》になる可能性のある立場。いくら彼女にその気がなかったとしても、簡単に断れる話ではないということも、彼女は理解しているだろう。

（……とりあえず、今は護衛の仕事に集中しようか）

僕は思考を切り替える。

再編成した騎士の人数は最初の編成に比べておよそ半分——それくらいの人数差なら、僕一人でカバーするのは簡単だ。

むしろ、エーナの傍に僕がいる限りは戦闘面では問題ないと自負している——ただ、僕自身は直接の戦闘に特化しているタイプ。エーナやメルシェの戦闘スタイルは定かではないが、当然二人は戦力に数えないという前提で考えれば、僕とイリスは戦闘において役割が被る面もある。

そこで、他の護衛については主に後方支援に特化した者を揃え、その騎士を護衛する役割を持つ者も編成する。

一番厄介な問題が起こるとすれば……この場にアリアがやってくるということ。

イリスと友人関係にあり、家族同然でもある彼女が、帝国側の要人であるエーナを狙っている――それは、仮にイリスが一切事情を知らなかったとしても、問題視されかねない。

さらに言えば、敵にアリアがいる状態になると、イリスも大きく動揺することになるだろう。

（できれば、そういう事態は避けたいところだけどね。アリアさんの動向が摑めない分、むしろ出てきてくれたらありがたいと考えるべきか……）

そんなことを考えていると、馬車がある場所で動きを止める。

そこは学園から少し離れたところにある《魔導図書館》――魔法に関する知識を集約している場所とも言えるところだ。

「次はここか」

「ええ。王国指定の保護施設――つまり、ここも騎士団の管理する場所の一つということになるわね」

「……ふむ。では、早々に見学して次に行くとするか」

エーナがそう言って、馬車から降りていく。

メルシェやイリスを待つことなく、歩き始めてしまうあたり彼女の人柄というものがよく伝わってくる。

――騎士団の本部を見学したときもそうだが、女は興味のある場所に大きく差があるようだ。

本部では特に訓練風景に興味を示したり、過去の騎士団長の経歴についても詳しく話を聞いたりしていた。

――主に、戦闘面に関することに興味があるらしい。そういう意味では、性格は似てなさそうだけど、やはりイリスと似ている部分が感じられる。

イリスはどちらかと言えば、自らが強くなることに興味が強い。

エーナはそれに限らず、戦闘という分野や過去の経歴に至るまで――その歴史についても興味を示しているようだった。

魔導図書館でも、戦闘面で役立つことがあれば興味の湧くこともあるのかもしれないけれど、ここも機密事項の多い見学場所だ。

(それに、普通に観光とか口を滑らせてもいたし……。興味の出ることにはとことん、それ以外についてはささっと終わらせたいタイプなんだろうね)

エーナという少女について分析をする――護衛としての役割において、これは必要な仕事の一つだ。

イリスの時も護衛となるまでに色々とやってきたわけで。

できれば時間があるのなら、エーナと会話もできればいいのだけれど、僕がエーナに視線を送ると、ふいっと露骨に避けられてしまう。

（うーん、嫌われるようなことをしたつもりはないけど……。年下の子供が嫌い、とか……？）

「アルタ様」

「！　メルシェさん？」

不意に声をかけてきたのは、後方を歩く僕のところまで下がってきたメルシェだった。

魔導図書館の案内もまた、そこに勤める管理官が先導してくれている。

エーナとイリスが話を聞いている中、メルシェがわざわざ僕のところにまでやってきたのだ。

「エーナ様についてですが……先ほどから少し冷たく感じられるかもしれません。その点について、私の方から謝罪を。申し訳ございません」

わざわざ僕に向かって、メルシェが頭を下げる。

エーナの部下であるという彼女だからこそ、こういう場面で色々と取り持つ機会が多いのだろう。

年齢的にはまだ学生くらいだろうに、よくできた子だ。

「いえいえ、気にしませんよ。僕はあくまでイリス様の付き人ですから」

「そう言っていただけると助かります。エーナ様はその……我が道を行くと言えばいいのでしょうか。気難しいというわけではないのですが、どうにも苦手なものは苦手でして

「……」

「……？　なるほど？」

「ですから、エーナ様のことを悪く思わないでいただきたいと言いますか……むしろ、どう思っているか、など……」

「え？」

「いえ、今のは忘れてください」

メルシェの言葉はどこか、要点の摑めないものだった。

言いたいことは何となく分かるけれど、どこか本当に伝えたいことは隠しているような……。

むしろ、僕から何か聞き出したい——そんな雰囲気すら感じられた。

ちらりと、メルシェが話しながら一度エーナへと視線を送る。

エーナは変わらず、魔導図書館の管理官と話を続けていた。それを一度確認してから、メルシェが不意に話を転換する。

「……それで、アルタ様。エーナ様とはいつ、お会いになられたのですか？」

メルシェが満を持したという表情で、そんなことを口にする。

それがきっと、彼女の聞きたかったことなのだろう。

だが、僕から言えることは一つしかない——

「……いつと言われても、今日が初めてですが」

「……え？」

僕の答えに、メルシェが目を丸くする。

当たり前のように答えたつもりだったが、メルシェにとっては想定外だったらしい。

「あ、変装していたからですかね……」

「……変装、ですか？」

「いえ、こちらの話です。申し訳ありません、変な話をしまして。それでは、また後程」

メルシェが再び頭を下げて、僕の下から離れていく。

どういう意図の問いかけだったのか分からないが……何となく察することはできる。

（僕とエーナ様は一度会っている……そういうことかな。え、そんな機会あったかな……）

思い返してみるが、彼女のような立場の人間に会ったのなら、絶対に覚えているはずだ。

……意味深な質問を受けて、僕はしばらくそのことについて考えてみたが、結論は『会ったことはない』というところに落ち着くだけであった。

＊＊＊

基本的には視察の計画通りに、僕達は馬車で移動していった。特に大きな問題も起こることはなく、一日の計画は終わろうとしている。

今日、最後に視察する場所は《剣術大会》なども開かれる闘技場だった。

王都内にはいくつかこういった場所があり、大きな行事があればここも利用される。普段は一般開放もされており、月に一度、大きな市場などが開催されることもあった。

今日は丁度その日であったため、闘技場周辺もまだ人通りが多い。

「ふむ、市自体は終わってしまっているか」

少し残念そうにしながら、エーナがぽつりと呟く。

ひょっとしたら、そういう行事の見学を楽しみにしていたのかもしれない……そんな感じだ。

「今からでもやっている場所はあるかもしれませんよ」

「むっ、そうか……」

僕がフォローを入れると、少しだけ嬉しそうな表情をして、すぐに元の威圧感のある表情に戻る。

僕も思わず苦笑いで返しそうになるが、相手は国賓という扱いでもある。

(あはは、難しいな。色々と……)

疲れるというわけではないが、気苦労というものはあった。

常に周囲を警戒しているわけだし、僕としてはエーナだけでなくイリスやメルシェも含めて守るつもりだ。

《騎士》の務めも、楽なものではない。

そんなことを考えていると、

「メルシェ、まだ市場がやっているかどうか見てきてくれるか？」

「承知致しました」

「ああ、それでしたら僕が――」

「いえ、私がメルシェさんと行ってきますよ。アルタはエーナと」

ちらりとイリスが僕に視線を向けて言う。彼女なりに、僕の配置を考えてのことだろう。

傍でなければ守れないわけではないけれど……。

「承知しました、イリス様」

立場上――もっとも、貴族としてもイリスの方が階級は上になるのだけれど、僕は彼女からの提案を受け入れる。

イリスとメルシェが馬車を降りて、闘技場の方へと向かっていく。入り口から入れば中はすぐに確認できる……戻ってくるのにそこまで時間はかからないだろう。

（けど、少し気まずいね）

馬車の中では、対角上に僕とエーナが座る形になる。

僕はエーナの方を見ているが、エーナは馬車から外を見る形だ。

足を組んで、肘をつくように――まさに、僕には興味がないといった感じ。

（まあ、それならそれで構わないけど――）

「アルタ・シュヴァイツ、と言ったか」

不意に、エーナが口を開く。

少し意表を突かれて、僕は驚いた。けれど、すぐに頷いて答える。

「はい、エーナ様。何かご用でしょうか？」

「いや、用というわけではないが……」

僕の方は見ていないが、エーナはスッと動いて僕の前の方に移動してくる。

そうして、馬車から外を覗き見た。視線の先にはイリスとメルシェがいる。当然だが、まだ戻ってくる気配はない。

それを確認すると、エーナはようやく僕の方に向き合う形となった。今日初めての出来事と言えるだろう。

「ふむ、なるほど……まだ子供だな」

「十二歳です」

「十二、か。若いな、私より三つ下だ」

三つというとほぼ変わらない……というか、僕から見ればエーナはかなり年下だ。

まあ、そんなことは分かるはずもないのだけれど。

先程までとは打って変わり、エーナから品定めでもするかのような視線を向けられる。

時折、「私が……これを……？」などと意味深なことを呟いたりもしていた。

（どういう状況かな、これは……）

さすがに僕でもこの状況は予想していない。

嫌われていたかと思ったのだが、二人がいなくなるや否や、エーナが急に距離を詰めてきたのだ。

それこそ、様子でも見計らっていたかのように。

……やはり、僕が護衛の騎士であるということがバレてしまったのだろうか。

（子供に護衛を任せるのか……って言われるとそこはそこで痛いところだからなぁ）

王国側が信頼できる配置なのであっても、帝国側からすれば舐められているとしか思われないだろう。

だからこそ、僕が護衛であるというのは極力バレない方がいいのだけど。

「えっと……？」

僕は様子を窺うようにエーナのことを見る。

先ほどまでならエーナは僕が視線を向けるだけで目を逸らしていたが、今は逆に視線を合わせて、

「少し手を借りてもいいか？」

「手、ですか？」

「ああ、触れるだけだ」

「構いませんが……」

（いや、本当にどういう状況だ……）

色々と確かめるように、今度はエーナが手を触れてくる。

やがて小さく息を吐くと、

「……ふむ。やはりそうでもない、か」

「大丈夫、ですかね？」

「ああ、すまない。少し確認したいことがあってな。私としたことが……ふはっ。少しばかり浮かれていたようだ。気にしなくていい」

メルシェとの会話といい、この二人には何かあるのだろうか。

確認するほどではないかもしれないが、まあ聞いておいた方がいいのかもしれない。

「えっと、先ほどメルシェさんにも聞かれたのですが……僕とエーナ様はどこかでお会いしていますか？」

「む、メルシェのやつめ。そんなことを……。何てことはない。この前——っ！」

エーナが答えようとした時のことだ。何かに気付いたように周囲に視線を送る。

僕はそれよりも早く動いた。

エーナを守るように彼女の傍に寄り、構える。

周辺からこちらを誰かが見るような気配——ガタリ、と馬車が揺れた。

「敵か？」

「かもしれませんね。エーナ様はここに」

「む、お前……」

（イリスさんとメルシェさんが離れたこのタイミング……いや、人通りの多いこの場を狙ったのか）

僕はすでに意識を切り替えて臨戦態勢に入る。

……何事もなく終わればいい。そう思っていたけれど、どうやらそういうわけにもいかないようだ。

＊＊＊

（三……四——いや、それ以上いるね）

馬車のすぐ上に感じられる気配は二つ。

だが、民衆に紛れて感じられる気配はもっとだ。

このタイミングで、何より馬車に注がれる殺意は間違いなくエーナを狙ったものだろう。

彼女が元々狙われていたのか、それとも何らかの理由が彼女を狙うことにしたのか――

それは定かではない。

けれど、僕のやるべきことに変わりはない。

（剣がなくとも守れるのが僕なんでね――）

ほぼ同時方向に、魔力で構成された風の刃――《インビジブル》を放つ。

馬車の上にいる者達に傷を負わせ、動きを封じるためだ。

だが、

（……かわしたか。速いね）

馬車の上にいる二人が、僕の剣撃に反応する。

少なくとも、僕の剣撃は一朝一夕でかわせるような代物ではない。

ましてや、馬車の中から放った一撃だ。それをかわすということは、エーナを狙いに来た二人は相当な手練れということになる。

僕の放った一撃……いや、二撃によって馬車の一部が破損し、馬車を操っていた騎士も状況に気付いたようだ。

「な、いつの間に……!?」

「今のは僕の攻撃です」

「シュ、シュヴァイツ一等士官……！」

「全体に指示を出します。民衆に数名、暗殺者が紛れ込んでいます。信号弾の色は黄色で」

「承知しました！」

騎士がすぐに準備に入ると、僕はエーナの方に振り返る。

「では、エーナ様。こちらに」

「……お前が指示を出しているということは、やはり――」

「その話は後で。敵はそれなりの実力者のようですから。あなたの護衛を優先させていただきます」

そう言って、僕はエーナの手を取る。

だが、彼女は僕の手をそっと振り払うと――にやりと笑みを浮かべた。

「ふっ、下がれというか。この私に」

「……状況が状況ですから。敵はすぐ近くに二人います。まだ周辺の住民の避難も――」

「舐めるな。私がその程度のことで戦えんとでも」

僕の言葉にエーナがそう答えると、外から強い魔力を感じた。ほぼ同時に、馬車の外から轟音が鳴り響く。

それは魔力によって作り出された水――先ほど僕の攻撃をかわした暗殺者めがけて放た

れ、二人が再びそれをかわす。

周囲の住民は突然のことに驚きの声を上げているが、人が集まるこの場所でも、的確にその魔法は敵を捉えていた。……エーナの放った魔法だ。

「敵の数は私も把握している。確かにそれなりに腕は立つようだが……私を殺るには足らんな」

そう言い放ち、エーナ自ら馬車の扉を開けて姿を見せる。

「な……ちょっと――」

「お前が騎士だと言うのならば、周りの人間のことを気にしろ。この程度の相手ならば護衛は不要だ。さあ、私はここにいるぞ！　このエーナ・ボードルの首がほしければ、どこからでもかかってくるがいい！」

そう言って、腰に下げたレイピアを取り出す。

水色の刀身を持つレイピアの周囲に水の花弁が舞う。……エーナの得意な魔法は水なのだろう。

（それよりも、自ら名乗り上げるとはね……）

エーナの行動は、僕に向けられた言葉の通りなのだろう。

この程度の相手ならば彼女を守るのではなく、周囲の民衆を守るように動け、と。

それはエーナの態度とは裏腹に、純粋に周囲への心配というのが見てとれる。

ひょっとしたら、イリス以上に面倒な性格をしているのかもしれない……そう僕には感じられた。

(『周りの人間のことを気にしろ』か)

僕は小さく息を吐いて、彼女の隣に立つ。

エーナがこちらに視線を向けることはなく、

「何をしている。護衛は不要だぞ」

「僕からも一言。あなたを守るのが周囲の人々を守る最善でもあり——あなたを守りつつ他の人を守ることもそこまで難しい話ではないので。むしろ、ご無理はなさらないように」

「……ふはっ、言うではないか。ならば見せてみろ！」

その言葉と同時に、僕とエーナは動き出す。

直後、信号弾が天高く放たれる。

『敵襲あり。周辺住民の安全確保を優先しろ』という意味で、これは使われる。

僕は馬車の上で、周囲の状況を確認する。

動揺した周囲の人々も、信号弾によって何かあったということは理解したらしい。

即座に護衛の騎士達が声をあげて、誘導が始まった。

エーナが追撃した二人は左右に分かれ、こちらの様子をうかがっている。

この二人は実力がある他、周辺に紛れている暗殺者から注意を逸らす役目もあるのだろう。

(付かず離れず……僕の間合いをよく理解しているね。こうなると僕としてはエーナ様の近くにいるのが一番楽ではあるのだけれど……)

「アルタ・シュヴァイツ。お前は右をやれ。私が左をやる」

それを、エーナが汲み取ってくれることはない。

少なくとも、二人の暗殺者の『身長』を見るに僕の危惧している状況にはないようだ。

ただ、気掛かりなこともある。

「エーナ様、意見を」

「……っ、なんだ、今動こうとしたところだぞ。帝国にも私を止める者はそうそういないというに」

何となく帝国の人の気持ちは分かってしまうが、僕も護衛としてするべきことがある。

「状況を見るに、動き出すのは少し待ってください。イリスさん――様も信号弾を見てすぐに戻ってくるでしょう。敵の数は多くはない……実力のある者はおそらくそこの二人です」

「……にらみ合いが最良だと？」

「優良かと」

「最良はなんだ？」

「最良となるのは、このタイミングでイリス様がどちらか片方と戦ってくれることなんですけどね」

少なくとも、僕のインビジブルをかわすレベルの相手でも、イリスが後れを取ることはないだろう。僕なりに、今回の護衛任務ではイリスに信頼を置いているつもりだ。

エーナの臨戦態勢は変わらない。今すぐにでも動き出しそうな状況だったが、しばしの沈黙のあと、

「……私も同意見だ。お前の意見を受け入れよう」

「！　ありがとうございます」

……ちょっと意外だったとは口が裂けても言えないが、エーナが僕の意見を受け入れてくれた。いや、彼女も若いとはいえ軍人――階級持ちだ。部下を持つ立場であるのなら、当然指揮系統も任されているはず。

状況を見れば今動き出すべきかどうかくらいは判断できるだろう。……これがたとえば、彼女一人だけだったのなら、間違いなく戦いに走っている気はするが。

（さて、あとは向こうがどう動くか……ん？）

二人の暗殺者が後退り（あとずさ）をするのが見えた。

このわずかな時間で状況を見極め、撤退する方向に転換したのかもしれない。

（暗殺者なら失敗した時点で逃げることは考えられたけど、すぐに逃げ出さずに『今』なのか。エーナ様が動かなかったのを見て作戦を変えた……ということかな）

こうなると、有効的になるのは僕とエーナでまずは一人を追うこと。もう一人はイリスに任せたいところだけど、メルシェと揃って戻ってくる気配はない――騎士の指示もあり、動揺はあっても人々はここから逃げ出しつつある。

（戻って来ないのなら……仕方ない）

「エーナ様」

「二人でどちらかをやる……それがお前の作戦か？」

「！　ええ、その通りです」

「ふはっ、お前とは気が合うな。だが、イリスとメルシェが戻ってこない。私の部下であるメルシェもこのような奴らには後れを取らないのだが……仕方あるまい。二手に分かれるぞ」

「いえ、それは……」

「分かっている――私はここから遠くまでは動かない。奴らが私を狙っているのなら、私が単独になれば動き出す可能性もあるだろう。そこを狙え」

……つまり、エーナが敵を誘い出して僕がそれを倒す、そういうわけだ。

たった今、僕は剣撃を見せたわけだけど、そこまで任せられることになるとは――

（あはは、あまり大きいことは言うものじゃなかったね）

「答えは？　いや、次は聞かずとも動くぞ」

「イエスですよ。合同作戦、開始としましょう」

突発的とはいえ、僕とエーナによる――暗殺者との戦いが始まった。

そうと決まれば、行動するのは早い方がいい。僕とエーナは、すぐに動く。

僕は一人の暗殺者の方に向かい、エーナがもう一人の方へと向かう。エーナから離れすぎない距離を保ちつつ、僕は《暗殺者》と相対する。

こちらの動きを見てか、暗殺者は後方へと下がろうとする――無論、深追いをすることはない。

（さて、エーナ様の方は……）

反対側――エーナもまた、作戦通り僕からは離れすぎない距離を取っている。馬車を背にして、お互いに暗殺者と向き合う形だ。

エーナの傍（そば）には誰もいない状態……僕は周囲を確認する。

逃げる人々に紛れて動いている暗殺者が他にいる――けれど、もう馬車からは人が離れつつある。

エーナに仕掛けるのなら今、このタイミングしかないだろう。

（四方から感じられる殺気はまだある。こっちはどうかな）

相対した暗殺者は、僕の動きを観察するように見ている。

大きな動きはない。それどころか、暗殺者はほぼ動きを見せない。右手に持った短刀を構えたままだ。

「来ないのかな？」

「……」

僕の言葉に、暗殺者は答えない。やはり、僕を引き付けることが目的なのだろう。

瞬間——僕の背後から、大きな物音が響く。

「ふはっ、逃げるだけでは私は殺れんぞ！」

そんな声も、僕の耳には届いた。……エーナが魔法による攻撃を仕掛けたのだろう。

それと同時に、周辺に動きがあった。

逃げる動きとは違い、こちらに向かってくるような動き。単独行動をしているエーナを狙おうと動き出した暗殺者達だ。

僕も、それに合わせて動く。

「まずは一人——」

後方へと跳び、馬車の上へと飛び移る。

僕の《インビジブル》の間合いは、近ければ近いほど殺傷能力は高くなる。

だが、相手を制圧するだけなら距離が遠くても十分だ。

ヒュンッと風を切る音と共に、暗殺者の足に目掛けて剣撃を放つ。

人混みに紛れていても問題ない。

ほんの少しの隙間があれば、僕の風の刃はそこまで届く。

「ぐあっ!?」

僕の攻撃を受けた暗殺者の声が響く。

その声で動揺した動きを見せたのは、さらに数人。

「二人目――三人目」

タイミングに合わせて、二人の暗殺者に対して風の刃を放つ。

ほぼ同じタイミングで、二人の人影が倒れた。

制圧したのはこれで三人……先ほどの二人の暗殺者と比べると、僕の攻撃に気付いて避けようとする様子はない。

やはり、実力が違うのは僕とエーナの前にいる暗殺者だけのようだ。

「……」

(！　わずかに下がった――逃げる気か)

ここで、ようやく暗殺者は逃げる素振りを見せる。今のタイミングではエーナを殺すことはできないと悟ったのだろう。

だが、こちらの暗殺者を追うことはできない。

後方では相変わらずエーナが戦いを繰り広げている。

エーナの戦っているところをしっかりと見たわけではないが、荒々しいように見えてしっかりと周囲の状況を確認している。

おそらく、彼女も暗殺者の動きを把握していただろう。

それよりも先に僕が暗殺者を制圧した――いや、作戦通りになった、というのが正しいか。

エーナの単独行動によって、暗殺者数名を釣ることができたのだから。

「――」

僕の前にいた暗殺者は、後方へと跳んだ。

先ほどの風の刃を見て、僕の間合いをある程度把握したのだろう。

この距離ならばまだ追いかけることはできるが、今の僕の役目はそこではない。

「悪いね。一先ずは三人いれば十分だ」

僕は前方にいる暗殺者を追うことはなく、後方にいるエーナの方に振り返る。

エーナの周辺には水の壁が作り出されており、周囲への警戒は怠っていない。

エーナが相対している暗殺者もまた、付かず離れずの位置を保っていた。

そのまま戦闘に持ち込んでもエーナを殺せる保証はない――そう考えてのことだろう。

（大胆かと思えば慎重なところもある……やっぱり、少し引っかかるね）

その戦い方が、どこかアリアに似ているということが、僕の気になっているところだった。可能であれば、こちらの方は捕らえたいところではあるが……。

「逃げてばかりだな……。貴様、私と戦う気はあるのか？」

エーナが攻撃の手を止めて、暗殺者に問いかける。

周囲にいた人々は騎士の誘導に従って離れ、先ほど僕が制圧した暗殺者三人がすでに護衛の騎士によって捕らえられている。

一先ずは、エーナが作戦通りに僕から離れないようにしてくれたおかげで上手くいった。

「投降してください。そうすれば、怪我を負わせる必要もありませんから」

「……怪我、か。周りの奴らを捕らえただけなのは、情報がほしいからか？」

ここで初めて、暗殺者が口を開く。

この状況でも冷静な声で、それでいて若い青年の声だった。

若いながらも相当な実力者であることは分かっている――顔や素肌は一切見ることはできないが、少なくとも慌てている様子は全く感じられない。

すでに、僕の後方にいたもう一人の暗殺者がこの場から逃げ出していることも、分かっているようだった。

「答える必要はないですね。投降しないと言うのであれば――」

「イリス・ラインフェル。それと、メルシェ・アルティナ、だったか」

「！」

僕の言葉を遮り、暗殺者から出てきたのは二人の名前。

まさか、暗殺者からその名前が出てくるとは思わなかった。

（イリスさんがエーナ様の傍にいることを知っているのは一部の人間しかいないはず……）

僕は思考を巡らせる――だが、すぐに答えは出てこない。

どのみち、暗殺者が彼女達の名前を出したということは、少なくともイリスやメルシェに対して何かしようとしていると警告しているのだろう。

実際、イリスとメルシェはまだこちらの方に戻って来る気配はない。

エーナもまたメルシェの名を聞いてか、表情が険しいものになる。

「……貴様、メルシェに何かしたのか？」

「俺の相手をしているよりも、そちらの心配をしたらどうだ――」

そう言い残して、暗殺者が後方へと駆け出す。

先ほどの暗殺者もそうだが、その動きが常人とはかけ離れている。……それこそ、僕が全力で追いかけても追いつけるかどうか、といったところか。

暗殺者がその場を去ると、エーナがすぐにイリスとメルシェの去っていった方向へと駆け出す。

「エーナ様！」

「作戦は終わりだ。イリスとメルシェを探しにいくぞ！」

「分かっています」

（……イリスさんなら無事、だとは思うけど）

そう考えながらも、僕もイリスのことは心配だ。

他の護衛の騎士に合図を送る。イリスとメルシェが戻ってきた場合は、こちらに知らせてほしい、と。

エーナを守り切ることはできたが、どうやらまだ安心できる状況にはなりそうになかった。

＊＊＊

イリスはメルシェと二人で、まだ人通りの多い闘技場の付近を歩いていた。

まだこれだけの人がいるということは、中で何かしらやっているのかもしれない。

「中を見るだけならこちらから行きましょう。観客席の方が色々見渡せますし、ここも今は一般開放されていますから」

「承知致しました。それと、イリス様」

「はい、何でしょうか？」

「私にも敬語は不要ですので」

不意に、メルシェがそんな風に切り出した。

エーナが堅苦しいのを嫌ったために普通に話していたが、メルシェはまた別だ。けれど、メルシェからすればエーナと対等に話しているのに部下である彼女に対して敬語――その方が、違和感はあるのかもしれない。

「そうね……。そうさせてもらうわ。メルシェさんも――」

「申し訳ありませんが、私はこのままで。貴族でもなく、私はあくまでエーナ様の部下の一人でしかありませんので。それに、私は普段からこれが普通ですので」

「分かったわ」

話しながら、二人は通用口の方から観客席へと向かう。こちらも少し人はいるが、闘技場内に比べれば空(す)いている。

イリスはメルシェを連れて、観客席から前の方へと移動した。

ドーム状になっている席の前方――下の階層から数メートルほどの高さになっている。ここならある程度遠くまで見渡すことができた。

「市場の方は大体終わっているみたいだけど……」

「大道芸、というものですか」

メルシェが付け加えるように言った。

闘技場内が盛況だったのは、中でパフォーマンスが行われているからだったようだ。

ローブを羽織っており、仮面を着けた二人組を中心に人が集まっているように見える。

身体付き(からだつき)はいずれも華奢(きやしゃ)で、投げナイフによる投擲(とうてき)から、二人で広い敷地内を巡るように駆ける動きは常人の域を超えている――イリスはそれを見て、ふと一人の少女のことを思い出す。

(昔はアリアも、よく色んな技を見せてくれたわね)

アリアが素性について詳しく話してくれたことは、確かにない。

姿を消してしまった親友であり、家族の少女。

ただ『逃げてきた』ということだけは、イリスも過去に聞いている。

……イリスにとっては、アリアがどういう風に生きてきたのかは関係ない、そう思っていた。

一緒に過ごす日々の中で、お互いに信頼できるようになっていたのだから。

「……」

「イリス様、大丈夫ですか？」

「！　あ、ごめんなさい。私としたことが、少し見入ってしまって……」

「イリス様のお気持ちも分かります。あの二人組、とても素晴らしい動きをしていますから。エーナ様にもお知らせすれば、ひょっとすれば興味を持ってくださるかもしれません」

メルシェが二人組の動きを見て、そう答えた。

エーナが興味を持つかどうか……この視察においてはその点も重要な要素となる。

二国間の友好のために必要なことなのだ。

「……そう？　なら、ここにお呼びする？　私が呼んで来るわよ」

「いえ、一度戻りましょう。エーナ様は気まぐれなところもありますので」

そう言うメルシェの言葉には、何となく納得してしまう。

まだ短い期間しか一緒にいないが、とにかくエーナが考えていることを推し量ることは中々難しい。

年齢が近しいとはいえ、国を守るための軍人の一人――そこが、イリスとは明確に立場の違うところだろう。……一つの憧れを、感じてしまうくらいだ。

（私も、いつかは騎士として……この国を守る。そのためにできることをするわ）

アリアのことは心配だけれど、だからこそイリスにできることは、今の役目を全うすること。

アリアならば、きっとそう言ってくれるだろう、と。

「そういうことなら、一度戻りましょうか」

「はい。市場の方は残念でしたが」

「そうね……一応、他に寄れる機会があれば——！」

刹那、イリスの言葉を遮ったのは闘技場の外から聞こえる轟音と、どよめきの声。

イリスとメルシェが顔を見合わせる。

「今の音は……！」

「イリス様、急ぎ戻りましょう——」

メルシェの判断は早く、すぐに駆け出そうとする。

その背後から、飛んでくる《ナイフ》を、イリスは見逃すことはなかった。

イリスはナイフの柄を摑み取り、メルシェを守るように前に立つ。

「っ！」

「……まさか、こっちも狙われるなんてね」

闘技場の外の音も、これでエーナを狙ったものであるということが分かった。

状況からしてもすぐに戻るべきところだが……。

（エーナには先生がいる……なら、私がするべきことは……）

メルシェを援護し、アルタのいるところまで戻ること——そう判断した。

だが、敵はそれを見越したかのように動く。

先ほどまで芸を披露していた二人が、一切の迷いもなくイリス達の下へとやってくる。

逃げ道を塞ぐかのように一人と、闘技場側へと一人。

イリスもすぐに構えを取る。すぐにでも、イリスの剣である《紫電》を呼び出すためだ。

やってきた二人もまた、それぞれ武器を構える。……漆黒の刀身の短刀を、だ。

それを見て、イリスは目を見開いた。

何故ならその武器は、イリスがよく知っている物だったからだ。

「……アリア？」

突然のことで、理解が追い付かない。

そんなはずはないと否定はしても、すぐにその現実を突きつけられる。

仮面を外したその『少女』は、行方を眩ましたイリスの親友、アリアだったのだから。

＊＊＊

「アリア……？」

イリスは、目の前にいる親友に驚きを隠せなかった。

動揺によって見せた一瞬の隙に、イリスの手足や身体に《糸》が絡み付き、動きを制限する。

「っ！」

「動かないで。下手に動けば、その糸は身体を簡単に切断できる」

アリアが淡々とそんなことを口にする。

イリスを拘束する糸は、周囲に作り出された《黒い穴》から伸ばされたもの——アリアが得意とする魔法だ。

嘘であってほしい——そう思ったけれど、その顔もその声も……イリスの知るアリアそのものだ。

「どうして……！」

イリスはアリアに問いかける。だが、アリアがイリスの言葉に答えることはない。

アリアの瞳はかつて出会ったばかりの頃のように冷たく、そしてイリスのことを見ていないようだった。

姿を消したはずの親友が目の前にいて、イリスとメルシェを襲撃している——何もかも整理ができない状況の中でも、イリスは自身のやるべきことを理解していた。

（先生達と合流しないと……そのためには……）

「……っ！」

イリスの動きに迷いはない。

糸が身体を締め付けても、自らの剣である《紫電》を呼び出すために身体を動かそうとする。

食い込んだ糸が肌を傷付けて、出血しても、イリスは気にすることはない。

「……」

アリアもまた、それを見て動揺する仕草を見せることはなかった。ただ、今すぐにでも動き出せるはずなのに、アリアが動く気配はない。

——動きがあったのは、反対側の方だ。

「——イリス様、ご無理はなさらないように」

「……え？」

耳元に届いたその言葉と同時に、イリスの動きを縛っていた糸が軽くなる。

メルシェの投擲したナイフが、糸を切断したのだ。

「メルシェさん……!?」

「敵は二人ですね——そちらは……」

ちらりとメルシェがアリアの方に視線を向ける。

わずかに驚いた表情を見せたが、メルシェがすぐに反対側を向いて駆け出した。

メルシェの動きに迷いはなく、イリスを手助けした後は正面にいる敵へと駆け出す。

懐から取り出したのは短刀——メルシェと暗殺者の交戦が始まった。

「イリス様、そちらはお任せ致します」

「……ごめんなさい、ありがとう」

メルシェもまた、エーナの護衛としてここにやってきている——むしろ、戦闘経験では彼女の方が上なのだろう。

イリスは改めて、アリアと向かい合う。

「……聞きたいことはたくさんある——けど、そのためにはアリア。あなたと戦う必要があるみたいね」

「いいよ、こっちに来て」

アリアがそう答えて、身軽な動きでイリスから距離を取ろうとする。

イリスはそれに追従するように動いた。

少し離れたところで、二人は動きを止める。

アリアが二本の短刀を構え、イリスは雷を纏（まと）い、自らの剣を手元に呼び出す。

お互いに模擬剣で切り合ったことはあっても、自らの持つ力を全力でぶつけ合ったことはない。

《剣客衆》と相対したときは、協力しあった二人が今——向き合って戦おうとしている。

「……本気、なのね」

「イリスもでしょ」

「ねえ、何であなたが……ここにいるのよ。私はずっと心配して……それなのに、あなたは、私達（たち）を狙っているの……？」

「……イリスには関係ない」

「関係ないわけないでしょう！　私達は――」

イリスの言葉を遮ったのは、闘技場の外から輝きを放った信号弾と――迷いのないアリアの一撃。

短刀と剣がぶつかり合い、二人の視線が交錯する。

「今、イリスと話すことはない」

「……っ！」

説得も何も通じることはないのだろう。

イリスは魔力を増幅させ、周囲の雷の威力を高める。

それに気付いたアリアは、すぐにイリスから距離を取った。

彼女の周囲に現れたのは《黒い穴》。そこに投擲することで、アリアはあらゆる方向からの攻撃を可能とする。……まさに、《暗殺者》が使うような魔法そのものだ。

（今は迷うな……私が、アリアを止めないと）

イリスは剣の柄を強く握り締めて、構えを取る。

再び二人は駆け出して――アリアとイリスの戦いが始まった。

＊＊＊

イリスの振るう《紫電》は、刀身自体も雷を帯び、それを持つ人間にもダメージを与えることになる。

イリスはそれを克服し、使いこなすことができる――けれど、自らの意志でこの剣を振るうと誓ったのは、ほんの少し前のことだ。

それまでは――《最強の騎士》となるまでは、この剣を持つことにも躊躇いがあったかもしれない。

だが、今は違う。

目の前にいるのが親友だったとしても、止めるためならば迷わず剣を取る。否、相手がアリアだからこそ、イリスは自ら剣を取ったのだ。

一度目の打ち合い。紫色の雷を纏うイリスに、アリアが迷うことなく距離を詰めた。

アリアはこの剣の性質を理解しているはず。それでもなお、イリスの剣とアリアの《漆黒の短刀》はぶつかり合う。

「……っ！」

剣と短刀がぶつかった瞬間、アリアが苦悶の表情を見せる。

イリスの纏う雷が、容赦なくアリアに襲いかかったからだ。

それを見て、イリスもまた表情を曇らせる――だが、

「……油断しないで」

「なっ……!?」

イリスが纏う雷を受けながらもなお、アリアの動きが鈍ることはなかった。

むしろ加速しているかのように、二本の短刀を振るう。

アリアの連撃の速さは圧倒的で、イリスも本気を出したアリアの猛攻を防ぐには加減などしていられない。

(けれど……)

お互いに、何年も一緒だった。

その打ち合いの中で成長してきたのだから。

アリアがどう攻撃してくるかも、イリスはおよそ予測できている。

雷撃を受けてもなお動きを止めないアリアの猛攻は、『短期での決着』を予感させた。

長引けば、それだけ攻撃力も耐久力もあるイリスの方に分があると理解しているのだろう。

続く連撃の中でも、イリスは常に反撃の隙を窺う。

そして、その時はすぐに訪れる。

アリアの猛攻の中、どうしてもわずかな隙が生まれる。

それはアリアの癖のようなもので、どれだけ速い攻撃の中にも必ず大振りの隙があった。

イリスだからこそ、そのわずかな隙を逃すことはしない――一歩踏み出して攻勢に転じる。その瞬間、

「――」

イリスが感じたのは、自らの振る剣への違和感。

まるで外側に引っ張られるような感覚に、イリスは視線を剣の方へと向ける。

刀身の柄(つか)に近い部分、そこに一本の糸が巻き付いていた。

(……これ、は……！)

先ほどイリスを拘束したのと同じ物――否、それであれば、イリスの刃を止めることはできないだろう。より硬質なものを、イリスが攻勢に転じる瞬間を見て巻き付けたのだ。

ほんの一瞬――隙を見せたように偽装して、アリアがイリスの一つ先を行くために。

「だから言ったでしょ。油断しないでって」

「！」

イリスの周囲に、『黒い穴』が出現する。

そこから現れたのはアリアの持つ短刀とは別の、小型のナイフ。

糸も、少し離れたところにある穴から伸びたものだ。

イリスの動きを封じるためか、そのナイフはイリスの足元を狙って放たれる。

「こ、の……！」

イリスの剣はアリアの糸によって捕まったままだ。

だが、イリスは自由の利かない剣を地面に突き刺して、それを軸にその場で飛び上がる。

同時にアリアに蹴りを食らわせるような動きだ。

アリアがそれを防いで、わずかに後方に下がる。

「あなただけじゃないのよ、こういう動きができるのは」

「……違うよ。イリスとわたしは、全然違う」

「何が――」

「全部。今までだって、そう。わたしは、イリスとの戦いで――本気で戦ったことなんてなかった。イリスだってそう……今も雷、弱いよ？」

「！　それは……」

アリアにそう指摘され、イリスは表情を曇らせる。

その指摘は間違っていない――無意識になのか、イリスはアリアとの戦いで、本当の力を発揮しきれていなかった。

本気でアリアのことを止めるつもりなのに、そうすれば――

「わたしは違う。『大切な人』のためなら迷わず殺せるよ。そこが、わたしとイリスの違うところ」

「……っ！」

アリアが短刀を構え、再び臨戦態勢に入る。

イリスもまた、動揺を隠しきれないままに、剣を構える。

迷いは剣を鈍らせる……分かっていても、簡単に切り替えることはできない。アリアとイリスがもう一度動き出そうとする——その時、別方向からもう一人やってきた。

（……！　援軍……!?）

イリスは身構える。

アリアと同じような服装をしていることから、アリアの仲間だということは分かる。

もう一人の仲間は、アリアに耳打ちするような仕草を見せると、

「……今日はもうおしまい」

アリアが構えを解いて、そう言い放った。

「何ですって？」

「おしまいって言ったの。イリス……あなたはあなたの仕事をすればいい。わたしはわたしのするべきことをする。けど、一つだけ——この件からは、手を引いて」

「アリアっ！」

イリスはアリアを引き留めようとする。

だが、アリアの動きは速い——仲間と共に離れていく。

イリスも追い掛けようとするが、視界の端に映ったメルシェの姿を見た。

「メルシェさん！」

イリスはその場で膝をつくメルシェに駆け寄る。メルシェが手で制止するような仕草を見せた。

「ご心配なく。私の方も逃げられましたが……」

少し怪我をしているようだったが、無事のようだ。

イリスは、アリアの消えていった方向を見つめる。

「どうしてよ……」

その疑問には誰も答えてくれない。

何も答えが分からないまま、アリアが明確に敵であるという事実しか、イリスには残らなかった。

アルタとエーナがここにやってきたのは、この少し後のことだった。

＊＊＊

僕が到着したときには、すでに戦いは終わった後であった。

幸いにも、イリスとメルシェの二人に大きな怪我はなく、無事を確認することはできた。

《暗殺者》はイリスとメルシェのところにもやってきたようだが、僕らが駆け付ける前に逃げ出した――いや、あるいはそれも計算の一つだったのかもしれない。

僕とエーナがあのまま一人を追っていれば捕らえることはできたのかもしれないが、少なくとも今の状況で言えば、敵は一人の手練れも失っていないことになる。

（……少なくとも僕らのところに来た二人に加えて、イリスさんやメルシェさんから逃げ切れるだけの実力がある者が二人――合計四人、か）

エーナの言葉から察するに、メルシェも相当な実力者ということになる。

何せ、基本は一人で戦おうとし、それを可能としてしまうエーナが認めているのだから。

捕らえた暗殺者は単なる数合わせか、トカゲの尻尾切りのようなものだろう。

あまり有益な情報は得られないかもしれない。

（ギリギリまで引き付けて、こちらの戦力を確認するつもりだったのか。まあ、結果的には向こうの戦力も把握できる形にはなったけど）

さらに増員をしてくる可能性もある。こちらとしては、警戒を強める必要があった。

（さて、問題は……）

僕は合流した後も、どこか浮かない表情のまま遠くを眺めるイリスの下へと向かう。

あちこちに傷ができた彼女は、先ほどメルシェと共に治療を受けたばかりだ。

「イリスさん、大丈夫ですか？」

「あ、先生……。ごめんなさい、私が……敵を逃がしてしまって」

「いえ、それは僕も同じですから。むしろ二人が無事で良かったですよ。一応、何人かは捕らえましたが……おそらく僕やイリスさんと戦った奴らが本命の戦力でしょうね」

「……そう、ですね」

僕の言葉に、イリスが歯切れ悪く答える。

それだけでも、僕はイリスに何があったかを理解するには十分だった。——何故なら、僕の見た暗殺者達の動きが、アリアのものに近かったからだ。

「……イリスさんの戦った相手は、アリアさんでしたか？」

「……っ!? な、何で、それを……！」

僕の言葉を聞いて、イリスはハッとした表情を浮かべる。

視線を逸らして数秒の沈黙の後、

「……先生には、すぐに話しておこうと思いました。でも、どう説明したらいいのか、分からなくて……」

「そうですか」

どう説明したら——それはつまり、アリアのことを明確に『敵』とは言いたくなかったのだろう。

だが、現実にイリスを襲った相手はアリアだった、そういうことになる。

僕の予想は悪い方向に当たってしまったことになる。

アリアが姿を消したタイミングと、帝国からやってきた元帥の娘……状況からしても可能性としては十分にあり得たが、アリアはエーナを狙う組織についた。あるいは、初めからその組織に属していた、ということになる。

（……いや、その可能性は低いか。けど、それも作戦の一つだったとしたら――！）

僕が考えを巡らせる中、ふとイリスと視線が合う。

すがるような目は、今までイリスが見せたことのないものだった。

「先生……私は、どうしたら――」

「どうもする必要はない」

「！」

イリスの言葉を遮ったのは、メルシェを連れてやってきたエーナだった。

相変わらず威圧感すら覚えるその表情のまま、エーナがイリスの前に立つ。

「この件は、我々を狙ったものであることは明白だ。故に、我々で対処する」

「な、対処するって……どうするつもりよ？」

「決まっている。明確に敵は私を狙っているのだからな……その敵を始末する。それ以上もそれ以下もあるか」

「それは……」

イリスが言葉を詰まらせる。

狙われたのだから迎え撃つ——エーナの言うことは、確かに正しい。その相手の中にアリアがいるから、イリスは上手く答えることができないのだろう。

もっとも、ここで答えるのは僕の役目だが。

「エーナ様の考えは分かります。敵を迎え撃つのは僕達、王国の《騎士》の役目ではありますが」

「！　その件についても聞く必要があったな。いや、聞かなくても分かるが……王国最年少の騎士、か」

「後程、正式に紹介させていただくつもりでしたが」

「いや、構わない。普段なら護衛に子供を付けるなど舐めているのか——そう言うところだが、話には聞いている。《剣客衆》を単独で撃破できるだけの手練れだとな」

どうやら、帝国側にもそれなりに情報は伝わっているようだ。

……まあ、《王》の息子が王候補の一人であるイリスの暗殺を企てたのだから、それだけの事件が伝わらないはずもない。調査もするところだろう。

「改めて紹介はさせてもらいますが、少なくともエーナ様の護衛については僕に任せてもらっていますので」

「それで手を出すな、と？　私が納得すると思うか？」

「もちろん、それで納得するとは思っていませんよ。ただ気になることがありまして」

「何だ？」

「確かにこれはエーナ様を狙ったものである可能性は高いと思います」

「……高いというよりは、それしかないだろう」

「僕もそう思います。けれど、エーナ様は捕らえた暗殺者のことなど気にかけず、すでに逃げた方の暗殺者のことしか見ていないですよね。それはひょっとして、相手のことがすでに分かっているからではないですか？」

「！」

エーナが僕の言葉を聞いて、驚いた表情を浮かべる。

もちろん、僕と全く同じ考えを持っているのなら、捕らえた暗殺者は情報など持っていないと切り捨てるのは簡単だ。

だが、エーナは軍人だ――少ない可能性であったとしても、捕らえた暗殺者のことなど気にもかけずに、逃げた方ばかりを気にするのはどこか違和感があった。

「ふっ、やはりお前は面白いな。実力もあるが、状況を冷静に見極める能力にも長(た)けている」

「お褒めいただき光栄です」

「確かに、私は狙われる可能性があることも分かっていたし、あえて狙われるように仕向けもした」

エーナがそう答える――護衛の騎士を減らすように言ったのは、明確に守りを手薄に見せたかった、ということだろう。

「エーナ様は敵のことをご存知なのですか？」

「ああ、私も奴らのことを狙っている。……奴らは――《影の使徒》は帝国の敵だからな」

そう、エーナがはっきりと答える。

暗殺者の組織の名と、そこにアリアが関わっているということが、新たに分かったことであった。

＊＊＊

夜――宿泊する予定だった宿に、僕達はいた。

警備の騎士は増員して対応することになっている。

すでにレミィルには状況を伝えてある。彼女も、エーナが狙われたという事実があるために早急な対応に動き出していた。

宿の一室にはエーナと護衛のメルシェ、イリスに僕と四人で集まっている。話はエーナが先ほど口にした《影の使徒》についてだった。

「まず今回……私が極力人数を減らしてきたのは奴らを誘き寄せるためだった――その事実は認めよう。私は、お前達を利用した」

「利用したって……」

　はっきりとそう告げるエーナに、驚きを隠せない様子のイリス。

　エーナ自身、護衛の数を減らすことが僕達の負担になっていることは分かっていたのだろう。

　それでもそうしたのは、何か考えがあってのことだろう。……国同士の問題にもなりかねないことだが。

「狙われると分かっていて護衛の数を減らした……それはさすがに危険では？」

「ああ、分かっている。その上で私に何かあれば《王国》側の責任になるだろう。奴らの狙いはそこにある」

「！　《影の使徒》、ですか。暗殺組織か何かです？」

「そんなところだ。帝国では相当大きな組織になるがな……。私がそれを帝国の敵と呼ぶのにはもちろん理由がある。帝国も一枚岩ではないのでな」

　具体的な明言までは避けたが、エーナの言葉から言いたいことは伝わって来る。

　エーナを狙うことで国同士の争いを起こしたい者がいるのだろう。

　そして、エーナの父が帝国軍の元帥であることを考えると――少なくとも、彼女は父の立場を守りたいと考えているに違いない。

(保守派と過激派……そんなところか)

エーナは王国と帝国の友好関係を結ぶための存在で、そのエーナを狙うことが《影の使徒》の目的なのだ。

「心配をするな——というのは無理な話だろうが、私も準備はしてある。万一私に何かあったとしても、帝国と王国では戦争は起こらないだろう」

「! それはどういうことですか?」

「簡単なことだ。父上には私の作戦は全て伝えてある——まあ、納得してくれたとは言い難いがな」

エーナが僕の問いかけにそう答える。

彼女は自らを囮に、父の敵と戦おうとしていた。……その舞台となるのが、この国での視察ということだったのだろう。

「視察を提案したのはこれが狙いだったってこと……?」

「視察自体は友好関係を結ぶ上で必要なことだった。その後のことは、全て私の独断と言ってもいい。もちろん、王国側はその責任を私に追及することもできる。全て理解した上で私は行動している——だが、迷惑をかけたことは謝ろう」

「いえ、別に迷惑ということは。狙われているのは事実ですし、それを守るのは騎士である僕達の役目です」

「騎士の役目……か。本当の意味で、お前は王国の騎士なのだな」

エーナの言う『本当の意味』というのが、僕に当てはまるのかは甚だ疑問ではあるが、少なくともエーナが狙われることが分かっていたとしても、僕のやることは変わらない。

王国の騎士として彼女を守る――それが僕の仕事だからだ。

……今回の場合、そこにアリアが関わってきているということもあるが。

「その、《影の使徒》は帝国の組織、なのよね？」

「ああ、何年も前から存在している。……そう言えば、敵の一人はイリス――お前の知り合いだったらしいな」

「親友よ。私の、家族でもあるんだから……」

エーナの言葉に、イリスがそう答える。

アリアがどうしてその組織に関わっているのか……話を聞く限りでは、アリアの身を保護したのはイリスとイリスの母の二人だという。――アリアは帝国側の人間だった、そういうことだろう。

何らかの理由で組織から離れていたのか、あるいは初めからその組織に従ったままだったのか……そこまでは分からない。

「この件に関しては帝国で何とかする――そう言いたいところだが、そちらにも何やら因縁があるらしいな」

「そうですね。この際、帝国側の問題か王国側の問題かということは考えないようにしましょう。エーナ様はその組織自体を潰したい……そういうことですね？」

「そうなるな」

「僕達はその組織にいるアリアさんを連れ戻したい——そういうことです。必要であれば……というより、どういう理由があるかも含めて、僕もその組織とは戦う必要があるでしょうね」

「改めて協力関係を結ぶ、と？　私はお前達に事実を隠していたわけだが」

「ですから、ここからは隠し事はなしにしましょう。もちろん言えないことはあるかもしれませんが、少なくとも《影の使徒》に関わる情報については提供していただければと。そうすれば、こちらも調査できますから」

「……分かった。その点については後でまとめて渡す。メルシェ、準備を」

「承知しました」

後ろに控えていたメルシェが答える。

僕とエーナ達の動きは変わらない。引き続き視察も続けるが、改めてエーナ達を狙う《影の使徒》とも戦う必要がでてきたということだ。……そこに、アリアがいるのだから。

「……」

イリスは浮かない表情のまま、一人部屋を出ていく。

この話では、アリアについても詳しいことは分からなかった。

あくまで組織は、古くから帝国に存在するということしか分からなかったのだから。

そう思っていたのだが、僕のところへとメルシェがやってきて、

「アルタ様、少々お話があります。お時間よろしいでしょうか？」

「構いませんが、どうかしましたか？」

「……『ノートリア』について、です。この件については、私の方からエーナ様に任されているところもありますので」

そんなことを口にする。

……ノートリアは——アリアの姓のことだ。

メルシェの言葉からは、少し違う意味に聞き取れる、そんな気がした。

＊＊＊

日も暮れた頃、僕は屋上へと向かった。部屋にイリスの姿はなく、外に出たという話もない。

そうなると、彼女のいる場所はここだろう。

扉を開くと、外を眺めるイリスの姿があった。……憂鬱そうな表情で、屋上から景色を眺めている。

「こんなところでどうしたんですか？」

「！　シュヴァイツ、先生」

「……そう言えば、この護衛の任務中——君の稽古もすると約束をしていましたね。どうしますか？」

「稽古……そう、ですね。少しだけ、お願いしても、いいですか？」

イリスが僕の提案を受け入れた。

僕はイリスに《模擬剣》を手渡し、少し距離を取ってから構えを取る。

イリスも模擬剣を構えて、僕と向かい合った。

その表情は集中していて、一見すれば迷いのないように見える。

さすがと言うべきだが……先に動いたイリスの動きは、あまりに粗雑なものであった。

距離を詰めたイリスの剣を軽く切り払い、僕は彼女の眼前に模擬剣を突き付ける。

「……っ」

「動きが随分と単調ですね。せっかく、一対一で手合わせができるというのに」

「……すみません。もう一度、お願いできますか？」

イリスはそう言うが、僕の目的は彼女に稽古をつけることではない。

「大丈夫——とは言い難いですね」

僕の言葉に、イリスが唇を噛み締める。何か言いたいことがあるようだが、それを抑え込んでいるようだった。

僕はそのまま、イリスの横に並んで景色を見る。

すでに町中は明かりによって照らし出されて、綺麗な夜景のようになりつつあった。

《学園》の屋上からはあまり見られない景色だろう。

イリスもまた、再び夜景に目を移す。お互いに沈黙したまま、しばらく時が経った。

先に切り出したのは、僕の方だ。

「アリアさんについてですが」

「っ！」

ビクリと、その名を聞いただけでイリスが身体を震わせる。

僕がどういう判断をするのか——そこに怯えているようだった。その様子を見て、僕は小さく息を吐く。……別に、彼女を怯えさせるつもりなど毛頭ない。

だが、そうなってしまうくらいに、今のイリスは追い詰められているということだろう。

「心配せずとも、僕もイリスさんと同意見です。アリアさんを連れ戻しましょう」

「それは、分かっているんです。私だって、アリアを連れ戻したいと思っています」

イリスが僕の方に向き直る。今にも泣き出しそうな表情で、イリスは続けた。

「けれど……私には分からないんです。アリアと戦うことになるなんて思わなかった。迷うつもりなんてなかったのに、私はアリアとの戦いで……本気で向き合えなかったんです」

「だから、アリアさんを連れ戻せなかった、と？」

「……アリアは、『大切な人』のためなら迷わず殺せる……そう言い切ったんです。アリアにとって、きっと大切な人がそこにいる——だから、私とも戦えるんだって。そう思ったら、どうすればいいのか分からなくて……」

イリスはきっと、アリアのことを連れ戻したいと思っている。

アリアとどんなやり取りがあったのか、僕も把握しきれてはいないが、少なくともアリアから決別とも取れる言葉があったのだろう。アリアが《影の使徒》と行動を共にしているのは、その『大切な人』に起因するということだ。

「アリアさんにとっての『大切な人』が誰なのか……それは本人に聞かなければ分からないことでしょう。でも、少なくともアリアさんにとっては、イリスさんも大切な人のはずですよ」

「……どうして、そう言い切れるんですか？」

「それは君が一番よく分かっていることだと思いますよ。君が本気を出せなかったのだとしたら、今頃もっと大きな怪我をしていたかもしれません。少なくとも、アリアさんも本気だったとすれば」

「それは……」

僕の言葉を聞いて、イリスが言葉を詰まらせる。

僕から見て、イリスとアリアに大きな実力差はない。コンディションや状況によって、どちらが勝つか分からないくらいには。少なくとも、イリスの状態を見る限りではベストというには程遠い——アリアと対峙した時もそうだったのだろう。

迷いは《剣》を鈍らせる……今のイリスが本気のアリアと対峙したのであれば、殺すことだって不可能ではないはずだ。

「アリアさんは他に何か言っていませんでしたか？」

「他に……そう言えば、この件からは手を引けって言っていました」

「！　そうだとすれば、アリアさんも戦うつもりはなかったのでしょう。理由はどうあれ、アリアさんは敵側にいます。今後も敵と行動するからこそ、イリスさんには手を引いてほしい——そういう願いがあったんでしょうね」

「……っ！　それじゃあ、アリアは……？」

「君もアリアさんも、お互いに心配し合う仲でしょう。アリアさんは随分と派手に演出したつもりでしょうが、僕が話を聞く限りではアリアさんはイリスさんと戦いたくなくてそう言ったように感じますね」

イリスはハッとした表情を浮かべる。何か思い当たる節があるのかもしれない。《影の使徒》の明確な目的はエーナを暗殺すること。そして、その先にあるのは王国と帝国の戦争……そこに、価値を見出して(みいだ)いるのだろう。

アリアがこの件からイリスを遠ざけたいのであれば、わざわざ自分が敵側にいることを伝えたのも納得できる。

暗殺者が、自身の正体を晒す(さら)ことは、本来ならばあり得ないことだ。特に、アリアはイリスや僕に実力を知られてしまっているのだから。

本当に戦う気があるのならば、正体を隠して戦うのが正解だろう。

「……先生の言葉で、少し救われた気がします」

「救われた気になるのはまだ早いですよ」

「ですね。ごめんなさい、私……先生の前だと弱音ばかりですね」

「構いませんよ、そのための僕だと思っていただければ」

「ふふっ、先生ってやっぱり子供っぽくないですよね」

「あはは、よく言われます」

「──でも、ありがとうございます。どのみち、私のやるべきことは初めから決まっていたんです。アリアは、絶対に連れ戻します」

拳を握り締めて、イリスがはっきりと宣言する。

先ほどまでの表情とは違い、今度は決意に満ち溢れていた。

迷いさえなければ、彼女はきっと大丈夫——問題は、アリアの方だろう。

イリスの迷いが消えたからこそ、今度は僕から彼女に伝えなければならないことがある。

「イリスさん、アリアさんとは王国で出会ったんですよね？」

「……？　はい、雨の日でしたけど、母と一緒にいた時のことで……」

「先ほどメルシェさんから一つ、話を聞きました。『ノートリア』についてです」

「ノートリアって、アリアのことですか？」

「その通りですが、少し違いますね。確かにこれはアリアさんの姓ではありますが、少なくとも《影の使徒》とアリアさんの関わりを知るには十分なことではあると思います」

「……どういうことですか？」

「クフィリオ・ノートリア——それが、《影の使徒》の創設者であり、僕達の敵となる人物です」

「……！　それじゃあ、《影の使徒》を作った人が、アリアの家族ってことですか⁉」

「『家族』と表現できれば、まだ良かったのかもしれないですけどね」

僕はメルシェから聞いたことをイリスに伝える。

ノートリアはアリアの姓であり、《帝国の闇》を象徴する存在でもあったからだ。

＊＊＊

人気の感じられない暗闇の中、アリアは静かに武器の手入れを行っていた。

先ほどイリスと斬り合った短刀を磨き上げる。

その表情はどこまでも冷たく、まるで人形のようであった。

「ノートリア、大丈夫か？」

そんなアリアに話しかける人物がいた。

フードと仮面によって顔を隠しているが、アリアの前に来るとそれを外す。

そこにあったのは、アリアにそっくりな顔の青年。

「……兄さん」

「不安か？　イリス・ラインフェルが手を引くかどうか」

「……たぶん、イリスは手を引かないと思う」

「そうか。お前が任されたことだから、俺から何か言うつもりはないが……あまり時間を掛けるようだと、イリスも殺さないといけなくなるぞ」

「……分かってる」

アリアは『兄』の言葉にそう答える。

アリアも、イリスについてはよく分かっているつもりだ――一緒に過ごしてきたのだからら分かる。……だからこそ、自分が何とかしなければ、と考えていた。

二人で話していると、その背後からもう一人の人物がやってくる。

アリアよりも髪は長く、少し大人びた顔立ちの少女――、

「あまり妹を脅かさないの」

「姉さん……」

アリアが『姉』を呼ぶと、にこりと微笑んで頷く。

この二人が、アリアにとっての『兄弟』達だ。……随分と、数は減ってしまったようだが。

「脅かしているつもりはない。事実を伝えているだけだ」

「それを脅かしているって言うの。でも、大丈夫よ。『父さん』も『先生』も、アリアの言うことを守ってくれる――そう約束したんだものね？」

「……うん」

姉の言葉に、アリアは頷く。

ここには、アリアの家族が揃っている。先ほどの作戦でも、全員が参加していたのだから。

結果として作戦は失敗に終わったが、あくまで戦力を把握するための様子見ということだった。

……その敵の中に、イリスがいる。アルタもまた、当然のように敵に含まれていた。

だからこそ、アリアには早急に解決しなければならないことがある。

「心配しなくても、エーナ・ボードルさえ殺せば全て終わるのよ。だから、大丈夫」

「それも、分かってる……」

アリアは短刀を握り締める。

聞かされている目的は一つ――エーナ・ボードルという少女の暗殺。

帝国にとっては不要な存在だと、『先生』から伝えられていた。……その少女さえ殺せば、アリアの願いも全て叶（かな）える、と。

（……わたしは、『大切な人』を守る）

「いい子ね。さ、二人が待っているわ。次の作戦の話を始めましょう」

「ああ、早いところ終わらせるとするか」

兄と姉に続くように、アリアも立ち上がる。

決意を胸に秘めて――アリアは歩き出したのだった。

＊＊＊

エーナは一人、部屋で休んでいた。静かに椅子に腰を掛けていると、今日の出来事を思い出す。

暗殺者が彼女を狙ってやってきた。……ここまでは、彼女の計画通りということになる。

（やはり私を狙っているか。帝国内ではなく、王国内でなければ……仕掛けたところで無意味、ということだな）

確実に王国に対して、エーナ暗殺の罪を擦り付ける――それを《影の使徒》は実行しようとしている。

それを逆手に取って、エーナは自らを餌に敵を誘き寄せようとしていた。

だが、そんな彼女にも一つだけ誤算がある。

（ひょっとしたら勘違いではないかと、思っていたのだがな）

「戻りました、エーナ様」

エーナの下へと、メルシェが戻って来る。

「話はできたのか？」

「はい、先ほど。アルタ様は理解してくださいました」

「そうか。あの男はやはり優秀だな……。戦いでもその実力は見せてもらった。剣がなくとも相手を斬れる――面白い奴だ」

エーナは暗殺者との戦いを思い出して、ふっと笑みを浮かべる。

風の刃を瞬時に作り出し、それを振るう――《インビジブル》の性質は、エーナも間近で見て理解していた。

あれほどの剣術を、それもまだ十二歳の子供が使っている……その事実が何よりも驚きであったが。

「ふはっ、だからこそ胸が高鳴るというものだ。私の『想い』も間違っていなかったのかもしれないな」

「……エーナ様、まさか」

メルシェも何かを察したような表情を浮かべる。

それに対して、エーナは首を横に振った。

「心配するな、今は奴らが先だ」

「……申し訳ありません」

「何故、お前が謝る？　これは私が考えて実行に移した作戦だ。お前は全て、私の命令通りにやっている」

「いえ、元を正せば私が——」

「メルシェ」

エーナはメルシェの言葉を遮って、その名を呼ぶ。

ビクリとわずかにメルシェの身体が震えたが、エーナは微笑みを浮かべたまま、メルシェの傍に立つ。そうして優しく、その頬に触れた。

「何もお前は悪くない。私——エーナ・ボードルがそれを保証しよう。それでも不安か？」

「……いえ、あなたはいつも、そうですね」

エーナの言葉に、メルシェが笑みを浮かべて答える。

「ふはっ、いつでも私らしく……それが私の信条だ。だが、どうにもアルタ・シュヴァイツの前では調子が狂うな」

エーナはため息をつきながら、再び椅子に腰かける。

……エーナはアルタの傍に近づいて、触れて確かめた。今日出会った時は驚きのあまり言葉を失ったが、触れたくらいでは以前『抱かれた』時のような感覚はなかった。

だが、戦いが始まると別だ。馬車の中でエーナを守ろうとしたアルタに、少しだけ胸の高鳴りを感じた。

それが恋というものか、エーナには分からない。メルシェにそれを確かめる方法を聞いた時、「もう一度機会があれば触れてみては？」というアドバイスに従ったものだ。

……結果として、エーナは改めてアルタのことを意識していると、認識することになった。

アルタは強い——敵として戦ったわけではないが、彼の実力は近くにいて分かる。

ひょっとしたら、エーナでも勝てるかどうか分からない。少年でありながら、それほどまでの強さを得たアルタのことが、どうしても気になってしまう。

「もちろん、この戦いが終わるまでは私は奴らに専念するつもりだ。……だが、この気持ちはどうしたらいい？」

「……本気だったのですね」

「む、なんだ。私が冗談を言っていると思っていたのか？」

「いえ、そういうわけではありません。ですが、エーナ様がその……『恋』などと言うのは少し……」

「おかしいか？」

明らかにメルシェがおかしそうに言うので、エーナは不満そうに問いかける。

メルシェが首を横に振ると、

「いえ、ただそういうことにも興味がおありだったんですね、と」

「私も無縁だとは思っていた。私よりも強い相手に、こんなところで出くわすとは思わなかったからな……」

王国最年少騎士――そんな存在が、エーナの護衛に付いている。

エーナの心に迷いはない。今はただ、自らの目的のために動く。

それは、メルシェのためにもなることだ。

「ところで、イリスと一緒にいた時、お前もアリアという少女には出くわしたのか？」

「はい。戦ったのは私ではありませんが」

「そうか。そのアリアというのは――」

エーナは最後まで言い終える前に、メルシェの表情を見て口を噤む。

言わずとも、その表情が全てを物語っていた。

「そんな心配そうな顔をするな」

「！　私、そのような顔をしていましたか？」

「ふはっ、自分で気付かないとはな。鏡で見るか？」

「……いえ。ですが、少し驚いています」

「少し驚いた、か。とてもそのレベルの表情には見えないがな。まあ、いい。どちらにせよ――私達の目的は変わらない。だが、仮にアリアが明日の説得に応じない場合……お前はどうする？」

「その時は……私が何とかします。あの子はイリス様やアルタ様にとっても大事な方のようですから」

メルシェの言葉に迷いはない。これはエーナの作戦でもあり、彼女にとっても重要な作戦となるのだ。

エーナは笑みを浮かべて頷く。

「先ほども言ったが、心配はするな。お前には私がいる」

「！　エーナ様……」

「お前も知っての通り、私は強い。本来は、私だけでも作戦は決行する予定だったんだ。仮に明日の作戦――イリスが失敗したとしても、私がいる限りは全て問題ない。だから、お前は安心して私の傍にいろ。私が何とかしてやろう」

それは、エーナの本心の言葉だった。

嘘偽りなく、エーナは思っていることを口にしている。それを可能とするだけの実力を持っていると自負しており、自らの力において『失敗』することはないと信じているからだ。

エーナの言葉を聞いて、今度はくすりとメルシェが笑みを浮かべる。

「ふふっ」

「別に笑うようなことを言ったつもりはないが」

「いえ、あなたはいつでも変わりませんね。だからこそ、あなたのことは信頼しています。エーナ様がいてくれたからこそ、今の私――『メルシェ』があるのですから」

「それでいい。だが、まずは明日の作戦が成功することを祈っておくか。それが、お前にとっても良いことだろうからな」

「はい。そうなることを願っています」

明日、イリスを囮にして《影の使徒》と接触する。

まずはその作戦が成功することを祈って、二人は一夜を過ごした。

第4章 アリアの家族

翌日――僕達は予定通りのルートを進むことにしていた。

昨日に襲撃があった以上、視察自体を中止にするという選択肢もあった。

むしろ、本来ならばそうするべきだ。だが、エーナの狙いはあくまで《影の使徒》を誘き出すこと。

僕とイリスもアリアを連れ戻すためにはまず接触しなければならない。

エーナの申し出もあり、こうして馬車で王都内を回っている。

他にも帝国側から派遣された視察団はいたが、いずれも襲撃されるような事態はなかったという。

「奴らの狙いは人通りの多い場所、か」

移動する馬車の中で、エーナが言う。

襲撃は、暗殺者達が人混みに紛れてやってきたものだ。

人のいないところではなく、多いところで襲撃をするのは明確に『エーナ・ボードルが殺害された』という事実を知らしめたいのだろう。

大勢の前で帝国の軍服を着た人間が殺されたのなら、それこそ証明に繋がるからだ。

「護衛の騎士達には周囲の安全確保に全力を注いでもらうことにしています。昨日、捕らえた暗殺者についてはすでに尋問は始まっているようですが――」

「得られるものは少ないだろう。おそらく、ただの雇われた者達だ。本命はあくまでクフィリオ・ノートリアだからな」

「ノートリア……」

エーナの言葉に、イリスが反応する。

アリア・ノートリア――それが、彼女の名前だ。……《影の使徒》のメンバーはノートリアと名乗る者達で構成されている。アリアがそれを包み隠さず名乗っていたのは、彼女自身がその姓についてまでは理解していなかったからかもしれない。

王国では知られていないことだ――実際、イリスと出会ってからアリアは問題なく生活できていた。

(団長は団長で動いてくれるだろうけれど)

今日にはおそらく、話を聞くためにレミィルがやって来るだろう。

元よりアリアの捜索については彼女に依頼をしていたことだ。

結果として、アリアが敵側についてしまったという事実も伝えなければならないが。何より気にするべき点はそこだろう。

「……昨日の今日で襲撃してくる可能性も、十分にあるわ」

「その通りだな。特に、向こうはこちらの動向をきちんと把握してから動こうとしているようだ。メルシェとイリス――二人が離れてから狙って襲撃をしてきたからな。それに、向こう側はイリスにも関わりがあるようだからな」

「そう、ね」

《影の使徒》が襲撃してくるタイミングは分からないが、昨日の条件を考えると絞られてくる。

人混みでエーナの周囲に人がいなくなった場合だ。

おそらくイリスが離れれば、アリアが接触してくると考えられる。

どこかのタイミングで誘き出すためにわざと状況を作り出すという選択肢もあったが、

「おそらくですが、今日は襲撃をしてこないと思います」

「ほう、何故だ？」

「相手の行動は大胆なところもありますが、あくまで撤退することができると踏んでの動きですから。僕達が通常通りに行動しているところを見れば、間違いなく『罠』だと踏んでくるでしょう」

向こうの仕掛けるタイミングがある程度分かっていれば、待ち伏せることくらい簡単だ。

襲撃があったにも拘わらず特にルートに変更もなく視察を続ける――僕なら、間違いなく罠だと考える。

それに、何度も失敗するような仕掛け方はしてこないだろう。

次は確実にエーナの命を狙ってくる……そう考えれば、少なくとも今日のルートを見る限りでは襲ってくる心配はなさそうだった。

「もちろん、あくまで推察の域は出ませんが」

「いや、確かに警戒はするだろう。奴らは慎重だ……失敗すると分かって仕掛けてくることはまずしない。必要であれば私が囮になるつもりだったのだがな」

囮になるつもりというか、すでにエーナは自ら囮の役目を果たしている。

このままエーナが一人で行動すれば、間違いなく敵はエーナに仕掛けてくるだろう。

……その状況を作るわけにもいかないが。

「エーナ様が囮にならなくても、敵側が接触してくる可能性はあります——」

「私、ですね」

僕の言葉に反応したのは、イリスだった。

アリアがイリスに発した「手を引け」という言葉。それでもイリスがエーナと共に行動しているところが確認できれば、アリアが再び接触してくる可能性はあった。

「はい、機を見てイリスさんには一人で行動をしてもらおうと考えています」

「！　大丈夫なのか？　イリスが一人で行動すれば、狙われる可能性だってあるだろう」

「狙われるのには慣れているから、大丈夫よ」

「ふはっ、慣れている、か。随分と頼もしいな」

イリスの返答を聞いて、嬉しそうに笑うエーナ。

機を見てイリスが単独行動をする――それが、今アリアと接触できる唯一の可能性だ。

僕達はできるだけ自然な形で視察を続け、イリスが一人になる状況を作り出せばいい。

「そういうわけですから、一先ずは予定通りに。今日の視察を始めましょう」

僕の言葉に、そこにいた全員が頷く。二日目の視察は、こうして開始されたのだった。

＊＊＊

《ニロス王立公園》は一面に草原の広がるような印象を与える場所だった。

視察のためにいくつか回って、昼前に僕達はここにやってきた。

馬車を止めて、エーナとメルシェが公園の中心部にある噴水を見学している。

もう何年も前に造られたそれは、王都の名所の一つであった。

夕刻になると、より高く水が浮かび上がり――夕焼けに照らされてできる影が芸術品のように見えるという。昼の時間帯でも、綺麗な噴水として知られている。

そんな場所に三人……イリスの姿は、すでになかった。

(ここまでは予定通り、かな)

当初の作戦通り、必要なところでイリスに単独行動をしてもらっている。

公園内は広く、そして人も少ない——アリアが接触してくる可能性は、十分にあった。

逆に言えば、ここでエーナを狙うために暗殺者が送られてきてもおかしくはない。

ただ、《影の使徒》の目的はあくまで『エーナが暗殺された』という事実を大衆の目に晒したいというところにある。

公園は多少人通りがあれども、昨日の闘技場周辺に比べれば快適なくらいだ。

「アルタ、夕刻辺りにまたここに寄れるか?」

「調整すれば可能かと思いますよ。今日のペースなら夕刻前には終わるでしょうし」

「そうか……なら、夕刻の噴水の風景も見ておきたいな」

エーナはそう言って、また噴水に視線を送る。

昨日とは打って変わって、僕のことをしっかり名前で呼んで話しかけてきてくれるようになった。……打ち解けたというか、認められたというか——そこは何とも微妙なところだけれど。

少なくとも、僕に彼女を守るだけの力があるということは認識してもらっている。

王国騎士であるという事実もすんなりと受け入れてくれた。メルシェも含めて、順応性が高い子達と言えるだろう。

その方が、僕的にはかなり助かるところだ。

「早々に次の場所に向かいたい……と言いたいところだが、イリスはまだ戻っていないか」

不意に、イリスの消えていった方向を見ながら、エーナが言う。

イリスには公園内から出ないようには言ってある。

必要に応じて、信号弾を打って連絡する手筈になっていた。

……アリアに関することで冷静さを欠いてしまう可能性もあったが、昨日話した限りでは大丈夫だろう。

本当なら、僕の力を借りなくても一人でアリアを連れ戻したい——そう思っているのかもしれない。

彼女にとってアリアは、親友であると同時に家族でもあるのだから。

だが、それ以上にアリアの状況が複雑である可能性が高かった。

(何故、アリアさんが敵側についたのか……それはほぼ分かっている。メルシェさんの言うことが本当であればだけど)

ちらりと僕はメルシェの方を見る。

エーナの部下でありながら、《影の使徒》についてよく知る人物——僕は昨日、彼女から細かな事情を聞いた。それが全て真実であるとすれば、この件に何よりも関わりがあるのはメルシェの方なのかもしれない。

エーナも、それを承知の上で今回の作戦を決行しているという。

(僕の周りの子供は色々とすごいなぁ……まあ、僕の言うところではないのかもしれないけれどね)

イリスやアリア、それにエーナとメルシェ――実際のところ、僕から見ればまだ彼女達は子供だと言える。それでも一人一人が考えを持って行動していた。

僕にできることは、彼女達の手助けといったところだろうか。

(まあ、こればかりは団長に賃金を要求するわけにもいかないか。ただの趣味みたいなことになるのかな)

イリスの成長を見守る――特に、今の僕の大きな目的の一つでもある。

彼女がいずれ《最強の騎士》となってこの国を守る存在になれば、その時は僕の役目も終わることになるのかもしれない。……そのためには、きっとアリアの存在が必要になるだろう。

イリスの目指すところに、家族を見捨てるという選択肢はきっと存在しないのだから。

(誰かを守るために強くなることは、『孤独なこと』よりも難しいけれどね)

《剣聖》であった頃の僕は、孤独であるがゆえに強かった。それは、はっきりと断言できる。

ラウル・イザルフにとって、友と呼べる者は数えるほどもいなかった。

だからこそ、僕は何の憂いもなくアルタ・シュヴァイツとして、一人の騎士として行動できているのかもしれない。

「――イリスが心配か？」

不意に確認するように、エーナが僕に問いかけてきた。

「いえ、彼女は強いですから」

「ふっ、信頼というやつか。羨ましい――ではなく、良い関係だな」

「エーナ様も、メルシェさんとは良い関係を築けているように思いますよ」

「メルシェとは……そうだな。私は私の部下のことを大事に思っている」

「そう思うのなら、ご自身のことも案じていただきたいですね」

「むっ、余計なことを……」

エーナの言葉に、メルシェが澄まし顔で突っ込みを入れる。

その様子に、僕も小さく笑みをこぼす。

エーナの言葉に、僕ははっきりと否定した。……けれど、

（まあ、それでも一人にするのは少し心配だけれどね）

イリスの強さは分かっていても、アリアとの件がある以上、そういう気持ちは出てきてしまう。

そんな風に考えながら、僕達は流れ出る噴水を見つめて、時が来るのを待った。

＊＊＊

広い公園の中――イリスは一人、歩いていた。

アルタ達と別れて、アリアを誘い出すために一人で行動をしているのだ。来るかも分からない、親友を待ち続ける。

すぐ近くに人が通れば、イリスは離れたところまで移動していく。

……万が一アリアがやってきた場合、すぐに戦闘になる可能性もあったからだ。

（私は、もう迷わない）

イリスは心の中ではそう決めている。アルタと話して、イリスの決意は固まった――そう思っているが、少し手に汗をかいているのが分かる。

どうしても緊張してしまっている――どこまでも、自分はダメな人間なのだと思い込んでしまうほどに。

アリアには迷いはなく、イリスには迷いがある。その『迷い』こそが、今のイリスとアリアに決定的な差を生み出しているのだ、と。

（先生も言っていた……アリアが本当に敵になったのなら、私に手を引けとは言わないはず。そこに、可能性があるのなら——っ！）

その人影は、迷うことなくイリスの下へとやってきた。

少し離れたところから、ローブで顔を隠したまま真っすぐに進んでくる。

他に誰か一緒にいる様子はない——遠くから見ている可能性はあるが、明らかにイリスに向かってその人物はやってきた。……本当に、姿を現したのだ。

「……アリア」

「イリスはやっぱり、そういう人だよね」

察したように、アリアが言う。

手を引けとアリアに言われたが、イリスはまだエーナの護衛に付いている。それも、アリアは把握しているのだろう。

それでも姿を現したのは、きっとまだアリアにも話をするつもりがあるからだ。

イリスはそう確信した。

「手を引けって言われただけじゃ、無理に決まっているでしょう」

「……うん、知ってた。でも、そうしてほしい」

「その前に、理由を聞かせて」

「……イリスに話すことはないよ」

ちらりとアリアが周囲を確認する仕草を見せる。

イリス以外に誰かいないか確認しているのだろう。少し離れたところにアルタ達が待機しているが、少なくとも見える距離ではない。

アルタも規格外の強さを持つが、ここまで離れた状況までは把握できていないだろう。

……ある程度時間が経てば、ここにアルタもやってくることになる。

そうなった時、きっとアリアはイリスの前から姿を消すだろう。

その前に、説得する必要がある。

「そんなこと、言わないでよ。私はアリアを家族だと思っているの」

「……わたしは、そんな風に思ったことないよ」

「っ、それでも、私はあなたを大事に思っているから」

「関係ない。わたしはもう、イリスのことなんてどうとも思ってない」

「……だったら、どうして手を引けなんて言うのよ。本当にどうも思っていないのなら、今すぐ私と戦って――それで、殺せばいいじゃない。あなたの邪魔になるのならね。何を言われても、私はこの件から手を引くつもりはないわ」

「……イリスは本当に分からず屋だよね。昔からそう」

アリアが小さくため息をついて、懐から《漆黒の短刀》を取り出す。

イリスはそれを見ても構えない。アリアの表情は真剣だ――イリスですら、アリアの殺気が本物であることを感じている。

「構えて。この件から引かないのなら、わたしはあなたを、殺す」

「……やってみなさいよ」

「！」

イリスもまた、表情を変えずに答える。拳を握り締めて、一歩前に出た。

伝えたいことははっきりと伝える──今が、そのチャンスだからだ。

「あなたが本当に私のことを殺せるのなら、殺せばいい」

「戦わないで、死ぬつもり？　《最強の騎士》になるんでしょ？」

「ええ、そうよ。私が目指すのは、この国で最強の騎士になること。その想いに迷いはないわ」

「だったら──」

「でも、そうなるために私はあなたと戦うんじゃない。本気で戦ってあなたを止められるのなら、私は今度こそそうするわ。けれど、今は違うのよ。そんなことしたって何の解決にもならないわ。だから……お願いだから、全部話してよ。私は、どんなことがあってもあなたの味方よ」

「……そんなこと、聞いてない」

アリアの表情がわずかに揺れる。長い間、一緒にいたから分かる。

初めて、アリアが動揺を見せた。イリスの迷いのない言葉に、アリアの『本心』が垣間見えたのだ。

イリスはさらに一歩、前に進む。

「聞いてなくたって言ってやるわよ。私はあなたを連れ戻す。あなたは家族だから」

「違う。わたしはあなたとは……違う」

「違わないわよ。あなたは私の親友で、家族なの。私にとってはそれが本当――」

「勝手なこと言わないでっ」

初めて、アリアが声を荒らげた。

両手に短刀を構えて、イリスに殺意を向ける。

イリスは怯むことはしない。一歩前に進むと、アリアが後ずさりをする。

アリアは動揺した様子で、静かに言葉を続ける。

「お願いだから、もう手を引いて」

「それはできないわ」

「……わたしを家族だと思うのなら、お願い」

「っ！　そんな顔しているあなたを放っておけるわけないでしょう。大丈夫だから、ね？」

イリスは諭すように、アリアに話しかける。

アリアの殺意が消えることはなく――遂にアリアが地面を蹴って距離を詰めた。イリスの首元に向かって短刀を突き立てる。

イリスはそれでも構えない。ピタリと、アリアの短刀がイリスの命を奪う寸前で止まる。

「……っ」

「アリア」

「何で、イリスは言うこと聞いてくれないの……」

アリアの表情は、今にも泣き出しそうになっていた。

そんな悲痛な表情を浮かべたところは見せたことがない——それだけ、彼女が固い決意をしていたことが分かる。

イリスの方が、その決意を上回ったのだ。

「私も、それにシュヴァイツ先生もいる。あの人も、アリアを信じて待ってくれているのよ。だから、ここには私一人しかいない」

その言葉が本当であることは、状況が裏付けている。

敵が潜んでいるかもしれないというのにイリス一人——そんなことをさせるということは、明確にアリアと接触しても問題ないと思っているからだ。

アリアがイリスの喉元から短刀を下ろすと、視線を逸(そ)らす。

どうするべきか、悩んでいる様子だった。

だが、このままならアリアを連れ戻せる——そう、イリスが確信した時だ。

「やれやれ、困った子だねぇ……ノートリア」

「ッ！」

アリアの背後から、その声が届く。

ほとんど気配を感じさせることなく、現れたのは四人。

三人はフードに仮面と、以前襲ってきた暗殺者を思わせる風貌。そしてもう一人は、白衣に身を包んだ白髪の男。

お世辞にも健康的とは言えない顔つきで、にやりと笑みを浮かべる。

「結局は説得に失敗して絆されてしまうようじゃ、困るんだよ」

「……あなた達、《影の使徒》ね」

「おや、そこまでバレているのか——いや、むしろエーナ・ボードルはそれを見越して誘ってきていたのかな？　ははっ、そうだとしたら少し困ったことになったなぁ……。もしかして、殺しても意味がない、とか？」

色々と察したように一人で言葉を続ける男。

イリスは懐にしまった《信号弾》を放つ準備をする。

敵は四人——一人一人が、相当な実力者だ。

イリスが単独で相手をするのはさすがに難しい、そう判断していた。

その時、アリアがイリスを庇うように立つ。

「ま、待って。イリスは説得する、から……！」

「そんなに怯えなくても大丈夫さ。別にその子を殺すつもりはないよ。むしろ利用させてもらおうと思ってね」

「利用……？　私を？」

「ああ、そうさ。君も相当な実力者だが……困ったことにもう一人。情報によると、アルタ・シュヴァイツだったか。この子らが少し立ち合ったようなのだけれど、どうにも強すぎるみたいでね。だから少し、作戦を練り直そうと思うんだ。上手くいけば、君でも『戦争』を起こせるかもしれないしね」

「……！　やっぱり、それが狙いなのね」

「ふぅむ、中々に食えない娘だな。こちらが狙っているつもりで狙われていたとは――だが、だからこそ今が好機だ。ノートリア、イリスを捕まえなさい」

「……っ」

「アリア、従ったらダメよ」

「従うな、か。何の権利があってそんなことを言う？」

「権利……ね。あなたがクフィリオ・ノートリアだとして、それでもアリアが従う理由があると言うの？」

「っ！　ほう、そう来たか」

イリスの言葉に、男は少し驚いた表情を見せる。

今度はイリスがアリアを庇うように前に立った。

アリアは迷っているようだった——それでも、イリスはアリアのことを信じている。

ここでイリスが信じなければ、きっとアリアを連れ戻せないからだ。

「わたし、は……」

アリアが言葉を詰まらせる。やがて、力なく両手に握った短刀を下げた。明確に、イリスへの殺意が消える。

殺意までも嘘をつける——それがアリアという少女だ。

それでも、イリスの決意がアリアの嘘を見破った。

イリスは懐に忍ばせた信号弾に手を伸ばすと——

「それを出させるわけにはいかないね」

「っ！」

動いたのは、四人の中で一番小さな子だった。

声からして子供。アルタと同じか、それよりも下だ。

そんな子が、一瞬にしてイリスとの距離を詰める。

右手に持つのは短刀——それを捌くのに、イリスは信号弾を防御に使ってしまう。

「——《紫電》っ！」

言葉と同時に、イリスは距離を取って剣を呼び出す。

紫色の雷を纏い、イリスはその子供と向き合った。

「何もできないのなら下がっていなよ、ノートリア。ここはボクに任せてさ」

「父、さん……」

「！　父さん、ですって……!?」

その言葉を聞いて、イリスは驚きに目を見開く。

アルタと同じくらいの身長だと言うのに、アリアは確かにその少年のことを父と呼んだ。

少年が仮面に手をかけて、その素顔を露わにする。アリアと全く同じ顔をして、にやりと不気味な笑みを浮かべた。

「残念だけれど、少し外れたね。ボクがクフィリオ・ノートリアだ」

少年――クフィリオがそう言い放つ。

短刀を構えたクフィリオと、イリスは向き合った。

＊＊＊

雷を纏ったまま、イリスはクフィリオと対峙する。

クフィリオの見た目はほとんどアリアと変わらない――ただ、アリアが絶対にしないような、邪悪な笑みを浮かべている。

手に持った短刀を構えて、クフィリオは言う。

「なるほど。イリス・ラインフェル――この王国における大貴族であり、《剣聖姫》と呼ばれている……確かに隙がないね」

クフィリオは様子を見るようにして、距離を詰めようとしない。

イリスの纏う雷撃を警戒しているのか。

「来ないのなら、こちらから行くわよ」

先に動いたのはイリスだ。地面を蹴って、クフィリオとの距離を詰める。

それよりも先行するのは、イリスの纏う雷撃。触れれば、身体が痺れて動きを鈍らせることができる。だが――、

「分かっていると思うけれど、小手先の技はボクには通用しないよ」

クフィリオが取り出したのは二本の短剣。

それを無造作に地面へと投げ飛ばすと、イリスの周囲に流れていた雷撃がそちらの方へと流れていく。

(っ、避雷針ってこと……!? でも、関係ないわ!)

イリスは元より、剣術による近接戦闘に持ち込むつもりだった。

雷撃はあくまで、イリスの扱う《紫電》から生まれる副産物に過ぎない。

距離を詰めたイリスは、クフィリオに向かって一閃。

だが、クフィリオが手に握った短剣でそれを防ぐ。刃を滑らせるようにしながら、クフィリオがイリスとの距離を詰める。

イリスはすぐに剣に力を込めて、クフィリオとの距離を取った。

今度はクフィリオが動く。

(速い……！)

動きはアリアを彷彿とさせる。

だが、クフィリオの動きはそれ以上のものだ。

瞬間的にイリスとの距離を詰めて、短剣を振るう。

イリスはそれをギリギリのところで防ぐが、後方へと下がる。圧されている――クフィリオの狙いはイリスを戦闘不能にすることだろう。

イリスが警戒しなければならないのは、目の前にいるクフィリオだけではない。

後方に構える、残り三人の相手。いつ動き出すかも分からない相手に気を配りながら、クフィリオとの立ち合いに臨んでいるのだ。

「……舐めない、でっ！」

「！」

イリスの声と共に、周囲へと放たれるのは強い雷撃。ただ纏っていたものではなく、純粋な魔力による攻撃だ。

それに反応して、クフィリオが一度距離を取る。

ステップを踏んで、イリスの様子を窺うように周囲を駆ける。

イリスは動かない――クフィリオが仕掛けてくる瞬間を狙って、カウンターを仕掛けるつもりだ。

「あはは！　中々楽しいね！」

「……楽しいことなんてないわよ」

「いや、正直ボクの攻撃をここまで防ぐとは思わなかった。敬意を表するよ」

そんなことを言われても嬉しい気持ちにはならない。

イリスの視線の先には、不安げに戦いを見つめるアリアの姿があった。

彼女には、彼らと共に行動しなければならない理由がある――本当は、すでにイリスはそれを知っている。

アルタの言ったことが本当であれば、アリアは今も葛藤し続けていることだろう。

（だから、私は……）

アリアを救うために、イリスには果たすべき役目がある。

やがてその時は訪れる。

クフィリオが地面を蹴って、再びイリスとの距離を詰めた。

イリスはすぐさま反応し、身体を向けて剣を構える。

にやりと笑みを浮かべるクフィリオの顔が視界に入る――後方から感じられたのは、別の気配だった。

「っ！」

少し離れたところで、クフィリオの仲間の二人がイリスの後ろに構えていた。

そちらに一瞬視線を取られた隙に、ガシャリと金属音が耳に届く。

イリスの両手首にそれぞれ、《黒い穴》から伸びた鎖と枷が繋がれていた。

イリスの後方に構えた二人は、クフィリオの動く瞬間に合わせて気を引くために動いたのだろう。……ほんの一瞬でも隙があればイリスを捕らえることができる。

それくらいの実力を、彼らは備えていた。

「ま、わざわざ一対一でやり合う必要もないからね……それは分かっていただろう？　だから警戒していたんだから」

「……ええ、私一人では正直、あなた達の相手は厳しいと思っていたわ」

「へえ、それなのに一人で来たんだ？」

「……私にも、頼れる人はいるのよ」

「――」

イリスの言葉と同時にやってきたのは、一人の少年。

その気配は近くに感じられるまで、ほとんどなかったと言ってもいい。

まるで空から飛び降りてくるかのようにやってきた少年が放った《風の刃》が、イリスを捕らえていた鎖を切断する。

地面に降り立った少年――アルタが、剣を構えてイリスの前に立った。

「時間ピッタリ、というところですかね」

「……はいっ、先生」

イリスの信頼する師が、《影の使徒》と対峙した。

＊＊＊

僕は剣を構えて、イリスの前に立った。

後方に二人、前方に一人、離れたところにもう一人――アリアの様子を見るに、彼女は戦闘に参加していない。

（説得が上手くいったのか、あるいは……）

ちらりと背後のイリスに視線を送る。イリスがすぐに立ち上がって後方の二人と向き合った。

「先生、クフィリオ・ノートリアはあの子供です」

「！　あちらの白衣の男性ではなかったのですね」

「やあ、初めましてだね。アルタ・シュヴァイツ」

軽く挨拶をするような素振りを見せる少年、クフィリオ。

その様子にはまだ余裕が見て取れる——戦闘の形勢を見るに、イリスとまともにやり合っても彼の方が優勢だったのだろう。

「僕のことを知っているんだね」

「色々と調べさせてもらったよ。まさか、君のような手練れがこの国にいようとはね……正直、想定外ではあった。王国はボク達の敵ではないと思っていたから」

「その割には余裕そうだ。いや、だからこそ余裕なのかな？」

「まあね。だけど、君がいたからこそエーナ・ボードルの暗殺が難しいものとなったのは事実だ。エーナ自身もボク達を誘い出すつもりだったようだし？」

クフィリオが少し離れたところへと視線を向ける。

そこで待機しているのはエーナとメルシェ——エーナもこちら側にやって来ようとしていたが、僕が止めた。狙われている彼女をわざわざ敵戦力の中心に置く必要はない。

「こちらの誘いに乗ってくれて、正直助かってるよ」

「あっはっは、言うね。君とは仲良くなれそうだ」

「どうかな。僕はあなたとは仲良くなれそうにないと思うけど——イリスさん、伏せてください」

「……っ！」

先に動き出したのは、アルタの方だった。

後方の二人に向かって風の刃――《インビジブル》を放つ。

目に見えない風の剣撃だが、まるで見えているかのように二人の暗殺者は後方へと跳んだ。

ギリギリのところで回避する動きは、アリアによく似ている。

目の前にいるクフィリオもまた、アリアにそっくりな顔をしている。

（メルシェさんの言ったことは本当のようだね）

――僕が聞いた話では、《影の使徒》に所属している人間達は全て血が繋がっている。

それは誇張でもなんでもなく、彼らは家族ということになるのだ。

……それがたとえ、作られたものだったとしても。

「速いね。まるで《剣聖》みたいだ」

クフィリオがそう言って、僕の方へと駆けてくる。

僕の剣術を見ても、なお真っすぐ進んでくるのは彼が戦闘面でも絶対の自信を持っていることを窺わせる。構えているのは短刀。得物は短い分、振りが速い。

僕の剣とクフィリオの短刀が交わった――魔法的な効果を付与しているのであれば、僕の持つ《碧甲剣(へきこうけん)》はその効果を殺す《毒》を発揮することになる。

まずはお互いに連撃。ぶつかり合った剣と短刀の擦れる音が鳴り響き、僕はイリスの身体を支えるようにしながら後方に下がる。

「え、せ、先生……!? 私は大丈夫ですから！　怪我をしているわけではないので！」

「あ、そうでしたか。イリスさんの状態を見ているほどの暇はなかったので」

「！」

イリスが少し驚いた表情を見せる。

クフィリオは決して、搦め手を使っているわけではない。――ただ純粋な斬り合いで、僕と対等に打ち合ったのだ。

「ふっ、やっぱり仲良くやれそうだよ。君の剣は本当に、剣聖みたいだ」

「知っているような言い草だね」

「ああ、知っているとも。ボクは少なくとも、ラウル・イザルフという男を知っている」

――それはただの伝聞のような言い方ではない。

以前に会ったことがあるような、そんな言葉遣いだ。

もちろん、僕の記憶にはクフィリオの姿はない……戦ってきた相手のことを全て覚えているわけではないが、少なくともこれだけの実力があれば覚えているはずだ。

たとえ、姿が違ったとしても。

（この短刀の使い方はアリアさんと同じもの。少なくとも、僕は《影の使徒》なんて組織は知らないし、戦ったこともない。あり得るとすれば、戦場で見かけたということかな。

まあ、このクフィリオはおそらく……)

僕はイリスを下ろすと、地面を蹴ってクフィリオとの距離を詰める。再び、剣と短刀での斬り合いが始まった。

まずは三撃。僕はクフィリオに向かって繰り出す。

初撃は回避。二撃目を切り払い、三撃目は僕の剣に合わせてカウンター。

僕は身体を反らしてかわす。そのまま、左手を振って《インビジブル》を放つ。目に見えぬ高速の刃を、クフィリオもまた短刀で防ぎ切る。

再びの連撃。斬り合いの中で、クフィリオが笑みを浮かべているのが見えた。

(なるほど、確かに強いね。強いけれど――僕が負けることはないな)

打ち合いの中で理解する。クフィリオも気付いているだろう。

彼の高い身体能力と反応には目を見張るものはあるが、僕の剣技を防いでかわすことができているだけだ。

他方、クフィリオの短刀の振りは確かに速いが僕の命を奪うものではない。

お互いにすれ違い様に一撃――わずかに僕の頬を短刀がかすめ、クフィリオの肩には僕の剣による一撃が入る。鮮血が、宙を舞った。

「父さん!」

　動揺したように叫んだのは、待機していた二人のうちの青年の方。動き出そうとしたところで、

「動くな、ボクとアルタの戦いだ」

　そう、クフィリオが言い放って制止する。

　やはり、二人が動き出そうとしないのはクフィリオの指示があったようだ。

「全員で来なくていいのかな？」

「二人にはイリスを牽制してもらわないとね」

　クフィリオの言う通り、イリスがすでに態勢を立て直して二人の暗殺者と向き合っている。

　僕はクフィリオと戦い――そこで気になるのはもう一人の存在。……白衣の、男だ。

　ちらりと視線を向けるが、男は冷静に状況を見ていた。

（……一見する限りでは、他の三人と比べて戦闘能力が高いわけじゃなさそうだ。それに、彼だけはアリアさんに似ているわけでもない）

《影の使徒》と共に行動しているが、男だけはこの状況で異質に見えた。

　メルシェからもらった情報によれば、クフィリオ・ノートリアが組織を束ねるボスであり、目の前にいる子供が組織の頂点ということになる。

　……だが、そもそも子供であることがおかしいのだ。

僕と同じく《転生》という事象が彼にも起こっているというのなら分かるが、それでは彼は『ノートリア』と同じ見た目になることはないはずだった。

「ああ、あの男が気になるかい？　それなら、全てを理解しているわけではなさそうだね」

「全て？」

「ああ、ボクの原点さ。どうやら、ボクらの情報は別の『ノートリア』から漏れたみたいだね。……本当に欠陥品だらけだよ」

「別のノートリア……なるほど。君の言葉で僕も色々と理解ができた」

「面白いだろう？」

「全く笑えないね」

こうなってくると、問題となるのはアリアの方だ。

アリアにとっては、彼らは本当の家族ということになる。自ずと、彼女が敵側に回った思惑も理解できてきたが、そうなると彼女が動かない限りは全ての解決にはならない。

その時、傍観していた男が口を開く。

「ふむぅ、苦戦しているようだな、クフィリオ」

「加勢なら不要だよ」

「当然だとも。私は君と違って弱いんだ。だが、君とて状況は理解できているだろう。このままでは我々は敗北する。故に、作戦を変えよう。二人のノートリアを残して、我々は逃げる——これでどうだ？」

「……そうするしかないかもね」

僕の前で悠長にそんな作戦を話し始める二人。

二人を残して——その言葉と同時に動き出したのは、イリスと向かい合っていた暗殺者の二人だ。

イリスもそれに合わせて動き、二人を止めようとする。

だが、それを阻害したのは、少し離れたところで止まっていたアリアの投げたナイフだった。

「……アリア!?」

突然のアリアの行動に、イリスが気を取られてしまう。

二人の暗殺者は僕を挟むように構えると、それぞれがナイフを左右に投げて、

「《四方結界》」

その言葉と同時に、僕を覆うように結界が張られる。

クフィリオと男——そしてアリアの三人は、僕が結界に囚われたのを見るとその場から駆け出した。

「アリア！」

「……ごめん、イリス。先生、二人は……殺さないで」

そんな懇願するような声を漏らして、アリアがその場から逃げ出す。

イリスがちらりと僕の方を見て、

「——ごめんなさい、先生」

一言だけ呟くように言うと、イリスがその場から駆け出した。

僕の援護ではなく、そのままアリアを追う選択をしたことへの謝罪だろう。

「別に、謝る必要はないけどね」

「……随分と余裕だな。まあ、俺達の目的はあくまでお前の足止めだ。そこでしばらく大人しくしていろ」

「その間に、エーナさん達と戦うと？」

「向こうが来るのならそうするわ。けれど、私達の役目はあなたを止めること。それさえできれば後はどうでもいいの」

青年と少女の声で、それぞれ答える。

どちらも仮面を外すと、そこにあったのはアリアと似た顔であった。

「——足止めか。確かに、数秒くらいならできるかもね」

「なん——なっ⁉」

青年が驚きの表情を浮かべる。

一撃、二撃では結界は破壊できなかった。

強固に構成されたものだ。けれど、繰り返せば破壊できないものは存在しない。

まったく同じ場所を、まったく同じように数撃繰り出しただけで、僕を捕らえていた結界は瞬時に砕け散った。

生まれた一瞬の隙をついて、《インビジブル》を放つ。

二人の暗殺者は、その場に倒れ伏した。

「……殺すな、ね。やっぱり、アリアさんの目的は彼らか」

倒れた二人を見据えて、僕はようやく確信を持つ。

残る敵は二人――イリスが追いかけた、クフィリオともう一人の男だ。

＊＊＊

イリスは駆ける――逃げるアリア達を追いかけた。

すでに、距離は大分離されてしまっている。町の中、建物の上と次々と飛び越えるようにしながら、どんどん加速していく。

(追いつけない……っ)

イリスの身体能力は高く、魔力で強化すれば並大抵の人間ではまず逃げ切れない。

それでも、アリア達がイリスとの距離をあけることができるのは、それだけ彼らの能力が高いということだろう。

(私は、また……)

イリスは全力だった。

周囲の目など気にしない。本気で、イリスはアリアに追いつこうとした。

けれど、追いつけない。いくら走っても、その距離が詰まることはない。

やがて、イリスはアリアの姿を見失い、足を止める。

「はっ、はあ……」

息を切らしながら、イリスはその場で膝をつく。

逃げられた――また、イリスはアリアを見失ってしまった。

最初は追いかけることもできずに見送ることしかできず、今度は追いかけても追いつけなかった。

身体は重く、すぐに動き出そうにも言うことを聞いてくれない。

仮に動けたとしても、イリスにはもうアリアを見つけることはできない――そんなことばかり、考えてしまう。

「……はっ、ふざけないで」

だが、イリスはそれを否定する。

もう諦めるようなことはしないと誓った——アルタの前で、必ずアリアを取り戻すと誓ったのだ。その言葉に嘘偽りはなく、どんなことがあってもイリスはもう諦めたりなんてしない。

パリパリと、イリスの周囲に雷撃が満ちる。

——《紫電》を握り締めて、イリスは再び立ち上がった。

「絶対に、見つけてやるんだから……っ」

決意に満ちた表情と共に、イリスはそう自らに言い聞かせるように宣言する。

周囲に放電するかのように、イリスの雷撃は地面を奔っていく。それはどこまでも遠く、遠くに伸びるように続く。

——イリスは再び、町の中を駆け出した。

＊＊＊

暗い地下室の中で、アリアはただ力なく蹲っていた。

結局、決意をしてイリスの前から姿を消して、敵としてイリスの前に現れたのに——何もすることはできなかった。

イリスを止めることも、クフィリオを止めることも、だ。

そんなイリスの前に立つのは、クフィリオと白衣の男。

「君には失望したよ、ノートリア」

「先生……」

「二度もイリスを説得するチャンスを与えた。けれど、君は失敗した。君ならばその場で殺すこともできたはずなのに、それもしなかっただろう。結果的には利用することもできずに、我々はただ逃げる他ない。何とも、無様な結果だ」

「わたし……」

「まあ、そんなに怒ることはないさ。ノートリアがここにいてくれるのはとてもありがたいことだよ」

白衣の男からアリアを庇（かば）ったのは、クフィリオだった。

アリアの前に立つと、その髪を優しく撫（な）で上げて言う。

「君という存在を利用することにしよう、ノートリア——いや、アリア。君ならば、今からでもイリスやアルタに警戒されることなく近づくことができるはずだ」

「それは……」

確かに、アリアならばそれができるかもしれない。

イリスは、アリアが戻って来ることを望んでいると言っていた。……アルタも同じだと。

アリアの兄と姉はアルタと戦うことになってしまっているが。

（……先生なら、きっと大丈夫）

少なからずアルタのことは信頼している。

兄と姉を救うために《影の使徒》へ戻ったアリアの目的の一つは、半ば達成されたことになる。

二人はアルタと戦うことにはなったが……アルタならば殺さずに止めることができるだろう。

問題は、イリスも含めた者達の安全――それを確約してもらうために、アリアはクフィリオに協力しているのだ。

それだけ、この組織は強大であると、アリアは分かっていた。

「アリア、君は何も心配しなくていい」

「父、さん……？」

「今から、ボクが君になることにした」

「……え？　どういう、こと？」

「準備をしようか、クフィリオ」

クフィリオがそう、白衣の男に言う。

白衣の男――クフィリオもまた、こくりと頷いて答える。

「了解したよ、クフィリオ。やはりアリアが、君の新しい身体というわけだね」

少年も白衣の男も、どちらもクフィリオ・ノートリア。

それが帝国の闇を生きる者達であり、アリアの『家族』の真相である。

ノートリアの名の付く者達は、全てクフィリオ・ノートリアによって作り出された《人工生命体》。ゆえに、アリアもまた――クフィリオになる適性を、持っているのだった。

＊＊＊

――もう、何年も前の話だ。

まだ、『アリア』という名前もなく、ノートリアの一人であった頃。

少女は作られた世代の中では『傑作』だ、と白衣に身を包んだクフィリオが言った。

少女に自身の持つ暗殺術の全てを叩き込み、いらぬ感情を覚えさせるようなことはしない。それが、少女にとっての完成だった。

だが、少女以外の存在が、それを許さなかったのだ。

「ここから逃げなさい、ノートリア」

ずっと過ごしてきた施設から出してくれたのは、少女を可愛がってくれた兄と姉。

兄は一人で残って、追い掛けてくる者達と戦っているという。

……彼らは、少女に家族を教えてくれた。

「兄さんと姉さんは？」

「後から行くわ。だから、そうね……まずはこの国から出ること。もっと広い世界を、あなたに見てほしいの」

「広い、世界？」

「ええ……そうすればきっと、あなたを理解してくれる人がいるから」

「わたしには、家族がいればいいよ。兄さんと姉さんがいる」

「……ええ、私もあなたのことが大事よ。この感情を教えてくれたのはあなた――だから、私ももっとあなたに教えてあげたいことがある。そのために、あなたはここから逃げるの。ここは、あなたの居場所ではないわ」

その言葉の意味を、うまくは理解できなかった。

けれど、時が経つにつれて――少女、アリアは理解する。

『先生』と『父』、二人のクフィリオの抱いている感情が悪意であったことを。

そして、兄と姉が少女に向けてくれていたのは、愛情であるということを。

それが理解できたのは、イリスとイリスの母のおかげであった。

＊＊＊

「ノートリア、お風呂が沸いたわ」

イリスがそんな風に、声をかけてくる。

ラインフェル家に保護されてから、三日経った頃のことだ。

イリスの母も少女を気にかけてくれていたが、それ以上に熱心だったのはイリスだった。

熱心であるということは伝わってくるけれど、必要以上に無理を強いてくるようなことはしない。

「……」

今だって、イリスに話しかけられても、アリアは何も答えなかった。

――この時、少女にはまだ『ノートリア』という名前しか、存在していない。

「行きましょう？　洗ってあげるから」

イリスが手を差し伸べてくれる。

少女は少し戸惑いながらも、その手を握ってついていく。

かつて、少女の姉がやってくれていたことだ。

どうしてこんな風にしてくれるのだろう――そんな疑問が、生まれるようになっていた。

翌日以降、少女は窓の外から庭の様子を眺めていた。

この部屋も、わざわざ少女のためにイリスの母が用意してくれたものだ。

「ふっ――」

イリスが一心不乱に、剣を振るっている。木でできた模擬剣ではなく、紛れもなく本物の刃。

少女と変わらない年齢であろうイリスが、その剣を振るうにはまだ早いようにも思える。

少女もまた、『家族』によって戦闘技術を教えられてきた身だ。

すでに『人を殺した』こともある。それが少女の役目であり、言われた通りに生きてきたからだ。

少女と一緒にいない時は、ひたすら剣を振るっている——そう思えるくらいに、イリスはずっと、剣に執着しているように見えた。

どうしてそこまで強くなりたいのか、少女には分からない。

けれど、イリスという少女に——気付けば夢中になっていた。目に見えて、彼女は強くなっているのが分かる。

一振り一振りに全力を注ぎ、意味のあるものとしているのだ。少女と共にいる時には、ただ優しい姿しか見せないというのに。

剣の修行を終えたイリスは、肩で息をするほどであったが、少女の前に戻ってくる頃には澄ました表情をしている。

……だから、少女は問いかけた。

「どうして、あなたはそんなに剣を一生懸命振っているの？」

「……っ!? え、し、知っていたの？」

どうやら内緒でやっていたことらしく、動揺したイリスが驚きの表情で、少女のことを見ていた。

動揺していたイリスは嘆息すると、少女の隣に座り込む。

「私はね、父様のような騎士になりたいの」

「……騎士？」

「そう。父様はすごい人だったのよ。もう、この世にはいないのだけれど……父様みたいな騎士になることが、私の夢」

「夢……」

はっきりと、そんな言葉を口にするイリスに、少女は視線を逸らして考える。

夢――少女には、そんなものはない。けれど、姉の言葉を不意に思い出す。

――もっと広い世界を、あなたに見てほしいの。

アリアにとって、それはあまりにも難しい言葉であった。少女にとっての全ては、『ノートリア』にしかない。

イリスの言葉を聞いて、少女は沈黙する。そんな少女の様子を見てか、イリスがそっと少女の手に触れた。

「あなたにも、夢はある？」

イリスの問いに、少女はすぐに答えられない。

考えを巡らせても、少女には『夢』どころか――何もないからだ。

「わたしは、夢なんてないよ。行く場所も、これから何をしたらいいかも、わたしには分からない」

それが、今の少女にできる唯一の『答え』だった。その言葉を聞いたイリスは微笑むと、

「少し前に母様と話してね。あなたがよければ、このままうちで預かろうっていう話になっているの」

そう切り出した。

イリスと少女はまだ出会って数日も経過していない――家族どころか、友人ですらないというのに。

少女の面倒を見ていくという話で、進めているというのだ。

「……どうして？」

「どうしてって。放っておけないからよ」

「放っておけない……？」

「そう。こうして出会ったのも、何かの縁でしょう？　一人でどこにも行く宛のないっていう子を、放っておけるわけないもの」

それだけなのか、と少女は驚いた。

ただ、それだけの理由で——少女のことを、イリスは気にかけているのだ。

イリスが少女に、どういう感情を抱いているのか、それは分からない。

少女にはまだ、大切と呼べる人が家族以外にいないからだ。——それ以外のことを、一切知らないのだ。

「わたしが、あなたの家族になるの？」

「家族……ええ、そうね。ノートリア——いえ、あなたにも、名前が必要よね」

「……名前？」

「そう。祖母の名前がアイリアで、私はそこから名前を頂いてイリスなのよ。だから、あなたの名前は——アリア。私と同じで、祖母から拝借したの。これで、私とあなたは家族よ」

「わたしとイリスは、家族……」

＊＊＊

少女はこうして——アリアとなり、『家族』がどういうものであるかを知っていく。

ノートリアという共通の名前以外にもらったのは、初めての経験であり、感覚であった。

そしてそれは、アリアにとってかけがえのないものになる。

暗殺組織に作られ、育てられ――『誰かを殺すため』の道具としての『ノートリア』でしかなかった少女が、初めて『アリア・ノートリア』という一人の人間として認められた瞬間なのだ。

それから一緒に学園にも通うようになり、剣の修行も一緒にするようになった。

ノートリアという姓しかなかったアリアに対し――イリスとイリスの母は、詳しく話を聞いてくることはなかった。

きっと、事情あるのだろう。だから、アリアが話すまでは、聞かないつもりなのだ、と。

今日までそうして生きてきて、いずれは自分が『何者』であるかを話すつもりであった。

けれど、本当の自分を知られるのが怖かった。

アリアという名前を与えてくれたのに、その本質は――殺しの技術に特化した、『作られた人間』である。

元々は存在するはずのなかった人間を、果たしてイリスは認めてくれるだろうか。

誰よりも何よりも強く、『正義』という言葉を体現するような彼女に――アリアという存在が認めてもらえるのだろうか。

イリスにだけは全てを打ち明けたい。けれど、イリスに嫌われたくはない。

勉強を教えてくれて、剣の修行を一緒にして、休みの日には一緒に遊ぶ。

イリスにとって、剣の修行や強くなることは何よりも大切なことであったはずだ。

それなのに、イリスはアリアに対して時間を割いてくれていた。

献身的に、アリアを支えてくれたのだ。

そんなイリスのためならば――アリアはイリスの望む『強い訓練相手』にもなるし、大切な家族でもあるイリスを、傷つける人間は許さない。

だからこそ、一緒にいる期間が長くなるにつれて、アリアの中では自分の正体を秘匿する気持ちが強くなる。

イリスと共にいるほど、かつてアリアを逃がしてくれた兄と姉が自分のことを大切にしてくれていたのだと、理解してしまうからだ。

彼らの存在を、仮に『帝国』側の事情だったとしても、知られるわけにはいかなかった。

アリア自身、それが人の道を踏み外したものであり、許されないことであると分かっていたからだ。

……もう、どうしているかも分からないけれど、いつか二人に出会うことがあれば、今度はアリアが救う番なのだと、そう考えていた。

けれど、クフィリオと共に現れた二人は変わってしまっていた――見た目は同じなのに、中身が違う。そんな違和感しかなかったのに、二人は過去のことを覚えている。

だから、アリアは従う他なかった。

協力すれば、兄と姉も『返してくれる』、と。そして、イリスにも手を出すことはしない——そんな、本当かどうかも分からない言葉に、従うしかなかったのだ。

＊＊＊

「——気分はどうかな、アリア」

一糸纏わぬ姿で拘束されたアリアに、白衣姿のクフィリオが問いかける。

少し広めの部屋の中では、金属で構成されたケーブルや、ガラスで作られたケースが目に入る。

かつてアリアの生まれた、『研究所』のようであった。

「いい場所だろう。《剣客衆》という奴等がアジトの一つに使っていたようだが、まだ見つかっていないところでね」

アリアも実際に戦った者達だ。

彼らはこの王国に潜伏して、いくつかのアジトを転々としていたのだろう。そこを、クフィリオ達が利用したのだ。

「今からボクの全てを君に移し変える。それで、ボクがアリア・ノートリアとして彼女達に近づこう。それが、エーナを殺るもっとも簡単な方法だろう」

にやりと笑みを浮かべて、少年のクフィリオが言う。

いずれもクフィリオ・ノートリアであるが、彼らはそれぞれ記憶や技術で専門が分かれている。

肉体派と頭脳派——戦闘技術に特化した側と、アリアを作り出したように、学術に精通した側。今回入れ換わるのは、肉体派のクフィリオだ。

「……そんな方法で、いけると思ってるの？」

「いけるさ。君は思った以上にイリスやアルタから心配されているじゃないか。あの二人を殺してからなら、簡単だよ」

「……っ！　なん、で……」

「言っただろう、君が上手くやっていればその必要はなかった……だが、イリスもアルタもボクらにとっては邪魔になりそうなんだよ。だから、殺すことにした。心配しなくていい、君はそのとき、もうこの世にはいないのだから」

「……っ」

ガシャン、と鎖の音が鳴り響く。アリアの動きを止めるそれを、引きちぎることは到底叶わないだろう。

だが、それでもアリアは無理やり動こうとして、手首から出血する。

そんなアリアに対して、クフィリオは楽しそうな表情を浮かべて言い放つ。

「あはは、君にそこまで感情ができてしまったとは……泳がせるべきじゃなかったかもね。

二人ともさっさと殺したときに追いかければよかった」

「――え？」

その言葉に、アリアは唖然とする。

『二人とも』という言葉の意味を、すぐにアリアは理解してしまったからだ。

「ああ、あの二人は君の知っている『兄』と『姉』ではないよ。それらしく作り上げた偽物さ――二人とも、もうこの世にはいないよ」

「そん……な……」

それでは、何のためにここに来たのだろう。

イリスとアルタを裏切って、救おうとした家族はそもそもいなかった。

――いや、初めから分かっていたことなのに、ちらつかされたわずかな希望にすがったのだ。今のアリアはただ利用されるためだけの存在でしかない。絶望が、心を支配する。

そんなアリアをクフィリオは見下ろす。

「もう君の記憶も残らないのだから、何も心配することはないだろう。すぐに楽にしてあげるからさ――クフィリオ、始めよう」

「承知したよ」

アリアの身体に取り付けられた装置が、音を立てて動き始める。必死に逃げようとしても、それは叶わなかった。

「怯(おび)える必要はないよ。もうすぐ何も分からなくなる」

嫌だ――記憶がなくなるだけならまだいい。

けれど、このままでは、イリスの身に危険が及ぶ。

(違う、本当は……記憶がなくなるのも、嫌だ)

イリスと共に過ごした日々の記憶は、アリアにとって大事なものだ。何にも代えられないそれを、失うことだけはしたくない。

それならいっそ――自ら死を選ぶ。

そう考えて、舌を嚙(か)みきろうとした時だった。

「おっと、君の考えていることはボクにはわかるよ。それはダメだ」

「……っ！」

口の中に無理やり布を嚙まされて、それすらも許されない。

アリアにはもう、抵抗する術(すべ)は残されていなかった。

(イリスなら、わたしが違うことに、気付いてくれるかな)

望んだことは、わずかな希望。イリスであれば、アリアの中身がクフィリオであることにも気付いてくれるかもしれない――そんなことを考えたとき、パリッと音を立てながら、装置の周辺に電撃が走る。部屋の中にあった機材全てに電撃が打ち込まれて、動きを停止させたのだ。

そんなことができる人は決まっている――

「いつか言ってたわよね。私に見つけられるほど甘くはない、って」

それは、アリアがイリスの前から姿を消す数日前のこと。

探さないでほしいという願いと、イリスには見つけられないという本音――けれど、それすらも彼女は覆す。……そういう人だと、分かっていたはずなのに。

「今度こそ、見つけたわよ……アリアっ！」

擦り傷や汚れに塗れても、何も気にする様子はない。

崩れた階段から繋がる上の階層への通路。通路の入り口付近を見るだけでも、ボロボロだと分かる。

クフィリオすらも、そんな通路を使うことはしないだろう。

アリアにとっての『大切な人』――イリスが、そこに立っていた。

＊＊＊

僕はエーナとメルシェと合流し、王都内を駆けながら話をした。

「申し訳ありませんが、《影の使徒》もイリス様も見失いました……。少し離れすぎていました」

「問題はないですよ。僕は動向を把握していますので」

メルシェの言葉に、僕はそう答える。

イリスの場所なら僕には分かる――彼女もまた、アリアの居場所を見つけたらしい。

「場所が分かるのならば話は早い。我々もそちらに向かおう」

「いえ、エーナ様とメルシェさんは騎士団と合流してください。レミィル・エイン騎士団長は分かりますね？」

「それは分かるが、奴らは――」

「あなたが追いかけていた者。それは分かっています。ですが、これも作戦です。団長と協力して、逃げ道を塞いでもらいたいんです」

「……なるほど、確かにそれも必要なことですね」

メルシェが納得したように頷くが、エーナの方はやや不服そうだった。

戦うことが好きな彼女が前線に行きたがる気持ちもわかる。それに、この組織を追っていたのは彼女の方だ。けれど、

「エーナ様、あなたは狙われている身なんです。申し訳ないですが、これから行く場所には一緒には連れていけません。賢明なエーナ様なら分かってくださいますね？」

「……その言い方は逆に挑発しているように聞こえるのだが」

「あはは、してませんよ。いずれにせよ、今僕達がすべき役割分担はこれで正解だと思い

ます」

「お前一人で行くことが、か？」

「そうですね。僕一人で行って、残党が逃げるようなことがあればそれを狩る」

「ふはっ、一人で十分とは大した自信だ……だが、それをやってのけるだけの実力が、お前にはあるのだろうな。私にもそれは分かっているつもりだ」

エーナが笑みを浮かべて、僕に手を差し伸べる。

「武運を祈ろう。今回は、お前にくれてやる」

「ありがとうございます」

軽く握手を交わして、僕は二人を置いて駆け出した。

イリスの居場所は分かる——以前、イリスに《お守り》を渡しているからだ。

お守りは一定周期で《魔力》を放ち、その場所までの距離と方角を僕に示してくれる。

イリスを護衛するために渡したものが、このような形で役に立つとは思わなかったが。

（さて、地下に行くならここからの方が早いかな）

僕は王都を流れる水脈の横道へと向かう。そこは入り組んだ《洞窟》のようになっていて、王都にあるいくつかの施設に繋がっている。

かつて《剣客衆》と戦った地下水道を管理する施設も、その一つだ。

イリスの動きは、すでに一つの場所で止まっている。

おそらく、そこに《影の使徒》のアジトがあるのだろう。暗がりの中でも、僕は迷うことなく道を進むと、

「シャアアアッ……」

「魔物か。なるほど、地下に住み着くことはあるけれど……」

最近、特にレミィルが忙しそうにしていた案件を思い出す——丁度、王都の地下で魔物が出没する機会が増え、その対応に追われていたのだ。どこで繋がっているか分からないものだ、と僕は苦笑する。

そして——《インビジブル》を放って魔物の首を刎ね飛ばした。

「——」

あっけなく、魔物は絶命する。

僕は嘆息しながら、再び駆け出した。

(他の騎士がやる予定だった分も、僕がやることになるわけだから……なるほど、これも騎士の仕事なわけだ。臨時収入とさせてもらうよ)

王都の地下の魔物の掃討——おそらく《影の使徒》が放ったその魔物達が、次々と僕の下へと向かってくる。だが、僕の敵ではない。

僕は真っすぐ、イリスの下へと向かった。

第5章　剣聖の名を以て

イリスは《紫電》を構えて、クフィリオと向き合う。

対する少年姿のクフィリオは、イリスを見ても動じる様子はない。

小さくため息をつくと呆れたように言う。

「まさか、ここを見つけてくるとはね」

「……見つけるわよ。アリアは家族だもの」

「家族、か——君のその雷の魔法だろ？」

クフィリオはすぐに、その事実に気付いたようだ。

イリスはずっと、微弱な電流を地面や壁に流し続けた。それは建物の状態を把握することができ、移動しながら幅広い範囲を観測することができる。

常に放出し続ける必要があるために魔力の消費は激しいが、イリスはそんなことは気にしなかった。

結果として、地下にあるクフィリオ達のアジトを見つけることができた。

この途中、何体かの魔物に出くわしたが、イリスはそれも意に介さない。全てを斬り伏せて、イリスはここに立っている。

捕らわれたアリアは、ただただ悲痛な表情でイリスを見ていた。

彼女の言いたいことは分かる——きっと、ここにイリスが来ることを望んでいなかったのだろう。

……望んでいなくて、けれど会いたかった。その気持ちは、イリスもよく分かる。

アリアが敵であってほしくないと思いながらも、たとえどうあってもアリアに会いたいと、思っていたからだ。

「それで、君は一人で来たのかな？」

「ええ、そうよ。今は私一人」

「ははっ、大した女だよ。《剣聖姫》と呼ばれるだけある」

「今、それが関係ある？」

「関係あるとも。その剣を以て、今からボクと戦うんだろう？　だが、そんな状態で勝てるのかな？　呼吸も乱れて、魔力も減っている。今の君は、満身創痍の状態だ。もはや、ボクに使われるために来たとしか——っ！」

クフィリオの言葉を遮ったのは、イリスの一撃。

地面を蹴って距離を詰めて一閃。ギリギリのところで、クフィリオがそれをかわした。

アリアのことはすぐにでも解放してやりたかったが、今は目の前の敵に集中しなければならない。

整わない呼吸。身体のあちこちは痛んで、疲弊している。

それでも、たった今放ったイリスの一撃は、クフィリオと交えてきた剣術の中でもっとも強力な一撃であった。意識だけははっきりとしていて、集中できている。

今のイリスは、真っ当に剣を振れているのだ。

（身体は重い……けれど、剣は軽い。まだ動ける。私は、戦える……！）

その確信が、よりイリスの気持ちを後押しする。

すぐに、イリスは動き出した。続けざまに三撃。クフィリオとの距離を詰めて剣を振るう。

クフィリオが短刀を取り出して、イリスの剣を防いだ。

雷撃は放たない――先ほどまで身体に纏っていた雷撃はなく、今のイリスは剣でのみ戦っている。

そんなイリスを見てか、クフィリオが笑みを浮かべた。

「あははっ、本当にギリギリみたいだね。さっきみたいに痺れさせようとしなくていいのかな？」

こちらを挑発し、動きを乱す作戦なのだろう。けれど、イリスはそんな挑発に乗ることはない。

剣を強く握りしめて、イリスはクフィリオに答える。

「確かに、少しばかり——いえ、私は《紫電》に頼っていたわ。けれど、そうじゃない。私は、この剣を使う前からずっと呼ばれてきたのよ……《剣聖姫》ってね！」

「……っ！」

イリスはクフィリオの短刀を弾き、胴に目掛けて剣を振る。その動きに一切の迷いはなく、クフィリオを斬り殺そうとする意思があった。

クフィリオが地面を蹴って、後方へと下がる。腹部をわずかに掠めた刃で、クフィリオが出血をした。

「まずは一撃。でも、まだ足りないわ」

「……驚いたな。成長しているのか、この短期間で」

クフィリオが目を見開く。魔力の残量も少なく、体力もなくなっている。

イリスはすでに、万全のコンディションからは程遠いものとなっていた。それでも身体は動く——目の前に大切な家族がいるのだから、当たり前だ。

イリスは自信をもって、はっきりと言い放つ。

「当然よ、家族を守るためだもの。そのためなら、私はどこまでも強くなるわ」

——それが、イリス・ラインフェルの在り方なのだと。

イリスの言葉を聞いて、クフィリオが楽しそうな笑みを浮かべる。

「あはは、年甲斐もなく楽しんでしまいそうだ。けれど、君は邪魔になるからね……。アリア、これから君の偽物の家族を殺すよ。だって、本当の家族はボクなんだからね」

クフィリオがそう言い放つが、イリスの表情に動揺はない。小さく息を吐くと、《紫電》を強く握り締めて構える。

すぐ傍に、アリアが捕らえられている。彼女とは視線を交えない――今イリスのすべきことは、目の前にいる敵を倒すことだ。

短刀を構えたクフィリオと、イリスは再び向かい合う。

紫色の美しい刀身を持つ《紫電》の刃先をクフィリオに向けて、イリスは静かに様子を窺った。

この部屋にいるのはイリスを含めて四人。拘束されたアリアと、距離を置いた白衣の男――クフィリオ。そして、イリスの目の前にいる少年のクフィリオ。

二人のクフィリオの内、戦闘に参加できるのは片方だけのようだ。

白衣のクフィリオは、自らの顎を撫でるようにしながら目を細め、

「ふむぅ、手短に頼むよ、クフィリオ。装置を直す時間も含めれば、結構掛かってしまいそうだ。イリスがいなくなった時間が長ければ長いほど、警戒心がより強くなってしまうだろう。そうなれば、君がアリアになったとしても失敗だ」

「アリアになる……？」

「アリアになる……？」

イリスはその言葉を聞いて、周囲の装置を確認する。

少なくとも、アリアに取り付けられたそれが、彼女にとっては『良くないもの』であることは分かっていた。

少年の姿のクフィリオを見て、イリスは全てを察する。――彼は、もう何年も同じように身体を変えて生きているのだ、と。

「そういうこと。どうりで子供のままなわけね」

「クフィリオ、いくら殺すとはいえ……あまりネタばらしをするのは感心しないなぁ」

「はっはっはっ！　それも含めて私ということだねぇ」

記憶を移し替えることが可能であれば、コピーをすることもできる――そういうことだろう。

ここにいる姿の違うクフィリオは、身体は違えど同一人物ということだ。《帝国の闇》――そんな人道に反した技術を持っているのだとすれば、確かに闇という言葉に間違いはない。

だが、今のイリスはその問題に言及するつもりはない。

やるべきことは一つ――アリアを救い出すために、目の前にいるクフィリオを倒すことだ。

「いい集中力だ。先ほどの一撃も、あと一歩踏み出していればボクの内臓にまで届いていたかもね？」

「……」

イリスは答えない。《紫電》の柄を強く握り締めて、わずかに一歩前に踏み出す。

「だが、その一歩が遠い――そうだろう？」

「……ええ、そうね」

クフィリオの指摘は間違っていない。

あと一歩、踏み出せばイリスはクフィリオを倒せていたはずだ。だが、その一歩を踏み出していれば――わずかに出血した首筋が、ヒリヒリと痛む。命の奪い合いであることを、実感する痛みだ。

クフィリオもまた、イリスを殺すための一撃を放っていたのだ。

「ふぅ――」

小さく、息を吐く。

こんな痛みも、今のイリスにとっては邪魔になる。

必要なのは、意識を集中させること。『アリアを助ける』ために必要なことは、『クフィリオを倒す』ことだ。

それを実行するために、イリスは身体の疲労や痛みには一切意識を向けない。

《紫電》を握る感覚だけあればいい――全てを捨て去って、ここに《剣聖姫》は完成する。

「参ります」

その言葉は、イリスにとってのスイッチのようなものであった。

言葉と同時に、イリスは左足で地面を蹴る。クフィリオとの距離を詰めて、一閃。

「同じようなこと――！」

クフィリオが短刀で防ごうとして、大きく一歩後ろに下がった。

イリスの一撃に、何かを感じ取ったのだろう。イリスはさらに追い打ちをかけるように《紫電》を振るう。

パリッとわずかに音を立てて、雷が奔る。これはイリスの魔力ではなく、《紫電》が特有に持つ雷だ。周囲に飛び散るのではなく、刀身を纏うように光る。

クフィリオは身体を反らして、イリスの一撃を回避した。すぐに体勢を整えると、今度はクフィリオが前に出る。

穿つような一撃。イリスはそれを、刀身で防ぐ。金属の擦れる音が響き、クフィリオが刃を滑らせる――イリスはわずかに《紫電》を弾くように動かして、クフィリオの短刀の軌道を逸らした。

刃に対して刃を滑らせる技術――これは、クフィリオだからこそできるものだろう。防いだと思っても、ほんの一瞬のうちに身体へと短刀が届いてしまう。

戦いの中で冷静に、刃先を滑らせるような動きができるのは、クフィリオがそれだけ卓

越した技術を持っているということが分かった。
だが、今のイリスにはその技術は通用しない。ただ相手の動きを見て、それに対処する
──作り上げられたシステムように。
「なるほど、剣技においては確かに、《剣聖》の名を借りた《剣聖姫》を名乗るに相応し
いね」
「褒めても出るのはあなたを倒す一撃だけよ」
「ははっ、いいね！　けれど、ボクは褒めるために言ったわけではないよ。ボクの技術は
あくまで、《殺し》専門でね……いつまでも君の戦い方には付き合わないさ」
その言葉と共に、クフィリオの周囲に《黒い穴》が出現する。
それはアリアが使う《魔法》と同じものだ。否──アリアがクフィリオから教わった魔
法なのだろう。空間と空間を繋ぎ合わせて、『物を通す』魔法。
通常の《属性魔法》とは異なるタイプであり、分類するならば《無属性魔法》と呼ばれ
る特異なものだ。
周囲に視線を送ると、イリスを囲うように《黒い穴》が現れているのが目に入る。ク
フィリオが取り出したのは、数本の刃。
「踊って見せてくれよ」
数本の刃を、《黒い穴》へと放つ。

中に入った刃は、すぐさま別の穴からイリス目掛けて飛翔してくる。

イリスはそれを、身体を反らして回避する——だが、すぐに後ろに出現した穴の中に刃が入ると、今度はイリスの上方から刃が落下してくる。

別の穴から別の穴へ——放たれた刃はイリスを狙って不規則に飛んでくる。

イリスはそれでも怯まない。クフィリオの言葉通りに、まるで踊るかのように刃を躱し、《紫電》を振るって刃を弾き落とす。だが、

「っ！」

「イリスっ！」

悲痛な叫び声をあげたのは、アリアだった。

がしゃん、と彼女を拘束している鎖が音を鳴らす。

背中に走るのは痛み。イリスでも、全てを回避するのは難しかった——だが、イリスは振り返らない。

さらに二撃。二の腕と太ももに一撃ずつ、刃が突き刺さる——その状態で、イリスは大きく一歩踏み出した。

クフィリオが驚きで目を見開く。どこから刃が飛んでくるかも分からない状況で、大きく前進するのはリスクでしかない。

だが、彼女はこの状況を打破するために、迷うことなくクフィリオへと向かってきたの

だ。

放ったのは突き。真っすぐ刃をクフィリオへと向けるが、短刀を以てそれを防がれる。

にやりとクフィリオが笑みを浮かべたのを見て、イリスは刃を翻した。

「っ！」

刃を滑らせるようにして、クフィリオへ一撃を放つ。それは、先ほどクフィリオが見せたものと同じ技術。ここにきてなお、イリスは敵の技術も取り入れて戦う。

「あははは っ！　本当に面白いね！」

「別に、面白くも何ともないわ。その余裕な表情、すぐに崩してあげるから」

「ああ――なら、ボクも本気で殺してやろう」

再びクフィリオが、刃を放つ。

周囲に現れた《黒い穴》――さらに、クフィリオ自身がイリスと距離を詰める。

刃を交えると、周囲からもまた刃が飛翔する。イリスはわずかに身体を動かして、それを回避する。

――それができるのは、きっとアルタとの修行があったからだろう。一対一の、剣での戦闘でならばイリスは《最強》に近い存在にある。

だが、クフィリオのような暗殺者との戦いでは、どうしても搦め手が多い。

今のように、色々な方角から刃が飛んでくるようなことだって、ほとんど経験したことがないものだった。

だが、イリスはそれを避けながら、なおもクフィリオと斬り合う。

動くたびに背中の痛みは増していき、手足に突き刺さった刃から大きく出血する。

鮮血が舞う中で、やがてイリスの意識が遠のいていく。

「――リスッ！――」

（アリア……？）

聞こえるのは、アリアの声。

けれど、上手くは聞こえない。そうだ、イリスはほとんどの感覚に意識を向けないようにして、ここに立った。けれど、痛みが増しているのは、今のイリスの集中力が途切れ始めているからだ。

満身創痍の中、ようやくイリスはアリアに視線を向けた。

戦いの中でのほんの一瞬。悲痛な表情を浮かべる、アリアの姿を。

「――っざけないでよっ！」

「っ！」

ギィン、とクフィリオの刃を弾き返す。

湧き上がった怒りの感情のままに、イリスは剣を振るった。

彼女にそんな表情をさせるのは、今の自分があるからだ。クフィリオに対する怒りと、自分に対する怒り。

次の一撃があれば、確実にクフィリオに届く。

だが、イリスの身体はそこで止まってしまう。ぐらりとバランスを崩して、イリスはその場に倒れそうになる。

クフィリオがそれを見逃さない。すぐに一歩を踏み出して、イリスにトドメを刺そうと近づく。

（私は――）

負けた。その事実には、まだ納得していない。《紫電》を強く握り締めて、何とかクフィリオの一撃を防ごうとする。そのとき、クフィリオが何かに気付いて後方へと下がった。――イリスの足元が崩れ去り、身体が落下したのだ。

だが、すぐに誰かがイリスの身体を支えてくれる。

驚きながらもその人に視線を向けて、イリスは思わず安堵した表情を浮かべてしまう。頼ってもいいと、彼は言っていたからだ。

「イリスさん、もう限界ですか？」

そんな少年――アルタがイリスを見て、言い放つ。

ちらりと後方を見ると、壁を切り進んできたというのが分かる。どこまでも、常識外れなアルタの問いかけに、イリスは笑みを浮かべて答える。

「まだ、やれます」

「そうですか、では——お任せします」

アルタの下を離れて、イリスは《紫電》を構えて立ち上がる。

すでに限界など超えている。それでも、アルタはイリスに任せてくれる。

「驚いたね。君が来たこともそうだけれど、まだその子は戦えるのか。けれどいいのかな——もう、彼女は死ぬよ」

「それを決めるのはあなたじゃない。イリスさん自身だ。それと——」

ちらりと、アルタがアリアに視線を向ける。

アルタがいれば、少なくとも彼女の安全は確保されたと思ってもいい。イリスは再び、クフィリオに向かって駆け出した。

＊＊＊

僕は戦いに赴くイリスを見送ると、アリアの方へと向かった。

拘束されたまま動けない状態のアリアは、信じられないものでも見るかのように、僕に視線を向ける。

「なん、で……？」

「『なんで』とは？」

「だって、イリスを助けてくれるんじゃ、ないの……？」

アリアが口にしたのはそんな疑問。

僕が来たから、クフィリオと戦うのは僕だと思っていた——そういうことだろう。

だが、再び剣を交えるのはイリスだ。彼女がすでに限界を超えていることは、僕にもよく分かっている。

その上で、僕は彼女に戦いを任せたのだから。

「僕が助けに来たのは君です、アリアさん。そして、イリスさんが助けようとしているのも君なんですよ。僕は、イリスさんを助けに来たわけじゃない」

「そんなの、おかしい！　今はわたしのことなんて、どうだっていいっ！　だから、イリスを——」

「どうだっていい話ではないですよ。君がもっと早く助けを求めていれば、こんなことにはならなかった。違いますか？」

「そ、それは、だって……わたしには、イリスを巻き込んだり、なんか……」

「イリスさんが命を狙われている時、君は命を投げ出してでも助けようとした。それなのに、その逆は認められないんですか？　それこそ、イリスさんが怒ってもおかしくはないと思いますけどね」

「……っ」

僕の言葉に、アリアの表情が曇る。

イリスは最初から、アリアの力になるつもりだった。そんなことは、アリアも分かっていたはずだ。それを拒絶しようとしたのも、アリアなのだから。

イリス以上に、彼女は全てを一人で背負い込もうとする。

「僕も少しは怒っていますからね。僕の力では、君を助けられないと思いましたか？」

「先生のことは、信じてる。信じてるから、イリスのことだけを、守ってほしかった」

「なるほど、そういうことですか。それなら一つだけ、教えてあげましょう」

「っ！」

アリアを縛る鎖を剣で切断し、何も着ていない彼女にコートを羽織らせる。

そして、僕はそっと彼女の頭に手を置いた。

「僕が守れるのは一人ではないですよ。君を含めてだって守ることができる――それくらいの力はあります。まあ、騎士という立場ではありますが、今の僕は君の担任でもあるんですから。それくらい頼ってくれていいんですよ」

「……先生が、わたしを守ってくれる、ってこと？」

「先生が生徒を守るのは当然のことです。それがたとえ他人だったとしても、先生なんですからね。だから、決めるのは君です」

僕はイリスの戦いに視線を向ける。

なおもクフィリオと戦い続ける彼女は、すでにふらふらだった。

剣を握る力も、もう満足には残されていないのかもしれない。

それでも、イリスは戦いを続けている。僕に助けを求めることだってできるのに、彼女はそうしない。

それが彼女らしさでもあり、きっとアリアを助け出すのは自分の手で——そう決めているのだろう。

いつ、イリスが倒れてもおかしくはない。

そんな状況でも、アリアがすぐに動き出せないことは分かっていた。

「クフィリオは君の父親で、イリスさんは君の家族です。君がはっきりと決別の意思を示さなければ、始まらない」

「わたし——っ！」

イリスの持つ《紫電》が弾かれた。懐に、クフィリオが飛び込む。

その一撃は、イリスの心臓に向かって放たれる——だが、届くことはなかった。

ギリギリで、アリアが短刀を投げ込み、クフィリオの動きを阻止したからだ。

クフィリオが驚いた表情で、アリアの方を見る。

「アリア……」

アリアがクフィリオを睨みつける。

怒りの表情をここまで露わにしたアリアを、僕は見たことがない。……初めから、彼女の中では選択肢は決まっていたのだろう。

その一歩がどうしても踏み出せなかった——だが今、アリアは《影の使徒》と決別する。

「イリスにこれ以上、手出しはさせない。……わたしの家族は、わたしを助けてくれた『兄さん』と『姉さん』——そして、ここにいるイリスだから。あなたは……わたしの家族じゃないっ！」

「……アリ、ア」

限界を超えて、ようやくイリスが背中からその場に倒れ伏す——そんな彼女の身体を支えて、僕はクフィリオと向き合った。

出血量も激しく、イリスの怪我も考えれば、あれだけ動けていたのが不思議なくらいだ。

「アリアさん、イリスさんをお願いします」

「うん、分かった」

こくりと頷いて、アリアがイリスの身体を支える。

すでにイリスの意識はない——ここまでよく戦ったと褒めてやりたいところだ。

「なんだ、結局君が出てくるのか……単なる傍観者かと思ったよ」

「そういうわけにもいかないさ。何せ、彼女が『最強の騎士』になるまで見守ると約束してしまったからね。けれど、あなたのおかげで彼女は成長できたみたいだ。だから今度は、僕が師匠としてのやるべきことをしないとね」

ちらりと、アリアの方に視線を送る。

僕は口元に指を当てて、合図をした。これから見る出来事は、イリスには教えないようにと念押しするために、だ。

《簡易召喚術》によって、呼び出すのは輝く銀色の刀身を持つ刃。相対した者を全て打ち倒してきた、《剣聖》ラウル・イザルフの一振り——《銀霊剣》。

「！　先生、それは……」

「アリアさん、君は僕のことを『信じてる』と言いましたね。それなら、僕もその信頼に応えよう。君がもう二度と迷うことがないように、この《剣聖》が——君を呪縛から解き放つ」

それは、自らがラウル・イザルフであるということを証明する言葉。他人には決して知らせるつもりのない事実であった。

だが、きっとアリアにとってはこの事実が必要なことになるだろう。——お互いに信頼しあっているはずの二人が、もう離れることなどないように。

＊＊＊

「《剣聖》……君が、剣聖か」

僕を見て、にやりと笑みを浮かべるクフィリオ。

僕は《銀霊剣》を構えたまま、後ろにいるアリアに声をかける。

「アリアさん、イリスさんを連れて脱出してください。僕が来た道なら安全なはずです。ここは、僕が引き受けます」

「……分かった。先生のこと、信じてるから」

きっと、アリアにとっても疑問に思うことはあっただろう。

けれど、怪我をしたイリスをそのままにしておくことはできない。アリアとイリスの二人を逃がして、僕は目の前にいるクフィリオを打ち倒す。

クフィリオは笑みを浮かべたまま、ちらりと視線を横に向ける。

「クフィリオ、君はどうする？」

「ふぅむ……随分と難しい展開になったものだね。だが、ここは逃げさせてもらおうかな。あとでまた合流としよう」

「分かった。先に行きなよ」

少年のクフィリオと白衣の男のクフィリオ――同姓同名ではなく、同じ存在の男が二人、この世に存在している。実際に見ていても、おかしな雰囲気しか感じられない。

白衣のクフィリオは悠々と、部屋を後にしていく。

僕はそちらには視線を向けず、目の前にいるクフィリオと対峙する。今必要なことは、この少年を倒すことだからだ。

「さっきの男もクフィリオ、か。随分とおかしな存在だ」

「そうかな。ボクからしてみれば、君も中々どうして——おかしな存在だと思うよ。その剣術はまさに剣聖と言えるレベルであり、君が剣聖を名乗ることに何の違和感もない。姿形には違和感しかないけれどね。まさか、ボクと同じ技術を体得したわけでもないだろう？」

「一緒にしないでもらいたいね。だけど、僕は《剣聖》ラウル・イザルフだ。この剣と僕の剣術が、それを証明する」

「なるほど……それを名乗ったのは、ボクを殺せる自信があるからかな」

「ああ、その通りだ——」

先に動いたのは僕の方だ。

《銀霊剣》の柄を握り締めて、輝く刀身を振るう。応じるはクフィリオの短刀。

剣と短刀の刃がぶつかり合い、火花が散る。響き渡る金属音は、連続した音へと変わっていく。

刃を返すようにしながら二撃、三撃と剣を振るう。このわずかな戦闘の間にクフィリオは何かを感じ取ったのか、余裕の笑みが崩れて顔をしかめる。

刃と刃がぶつかり合って均衡する――ツゥと、クフィリオの脇腹と太腿から出血があった。僕の放った剣撃のいくつかを、彼が防ぎきれなかったからだ。

「……魔力を吸っているね。随分と面倒な剣だよ、本当に」

「あなたのその口ぶりから察するに、僕の剣を知っているようだ。確かに、この剣で対峙してきた相手は全て斬り伏せてきた――そのつもりだけれど、やっぱり伝聞はするものなのかな？」

「いや、《銀霊剣》の名は伝わっているけれど、その剣の効果を知る者はいないだろうね。ましてや、魔力を吸う剣なんて……仮に剣士であったとしても好んで使う人間はいないよ。だって、皆が皆魔力を使って戦ってる。その魔力が完全になくなったら、残るのは技術のみだ。己を信じるにしたって、そんなことをできる人間はそういない」

「僕はそれができる人間だ」

僕はそう断言して、剣に力を籠める。ギィンと、お互いに刃を弾いた。

即座にお互いに距離を詰めて一撃――クフィリオの刃は僕には届かず、僕の一撃は彼の肩を捉える。先ほどの戦いで与えた場所と、ほぼ同じところだ。

クフィリオが跳躍し、一度僕から距離を取る。その呼吸はまだ乱れてはいない……だが、出血量はどんどん増えていた。

「なるほど、このままのボクではやはり勝てないか」

「このままの？　まるで、他にも手があるような言い方だ」

「ああ、あるとも。何故ボクが、《剣聖》であった頃の君を知っていると思う？」

クフィリオがそんな風に問いかけてくる。確かに、疑問ではあった。

クフィリオ・ノートリアのことを僕は知らない。けれど、彼は僕のことを知っているような口ぶりで話す。どこかの誰かから聞いたというのであれば、それはそれで不思議なことではない。

だが、クフィリオは明らかに《銀霊剣》のことを知っている——その疑問に答えるかのように、クフィリオが構えた。

《簡易召喚術》——僕と同じように、違う場所から何かを呼び出すために使うものだ。

現れたのは、《真紅の刀身を持つ剣》。僕はその剣を見て、すぐに誰の物であるか理解できた。

「……《戦王》、リクト・ヴィルターの《紅鳴剣》か」

「ああ、やっぱり覚えているんだね。そうだよ、これは君が戦ったことのある一人。王でありながら、剣の道に生きた男の遺した剣だ。真っ赤な刀身は、血を吸ったことで染まったとも言われる……君がかつて斬り殺した男だよ」

僕も覚えている——リクトという男は、ラウル・イザルフに一対一での決闘を挑んだ。

国を背負う身でありながら、戦争が起これば前線で戦うことを厭わないような男だ。求めていたのは、死地。王として生きることではなく、一人の剣客として戦い、死ぬことを選ぶ。

そんな生き方しかできなかった男の使っていた剣だ。

「それが、あなたと何の関係がある？」

「そうだね……はっきり言おう。何も関係はない」

「……なんだって？」

「関係ないんだよ。この剣はボクが手に入れた物ではあるけれどね。丁度、帝国に入る前に……リクト・ヴィルターが王であった国に仕えていた頃に、だ。その程度の関わりならあるけれど、その程度なのさ。……ところで、君はこの剣に刻まれた《魔法》について知っているかな？」

「いや、僕と彼は剣での斬り合いで決着をつけた。元より《魔力》を使う戦いではなく、剣での斬り合いを求めていた男だ――それ以上のことは、お互いに知らないよ」

興味がなかった、というのが正しいかもしれない。かつての僕は、そういう男だったからだ。

「……はっ、そうだろうね。この剣はね、あらゆる事象を記憶する剣なんだ。魔法として、この剣で戦った者達のことを記憶する――ある意味では、リクトという男にとっては宝の持ち腐れでしかなかった。ボクはこの剣を使って、君との戦いの記憶を手に入れただけさ」

「なるほど。それで、その記憶が役に立つのかな？」

「ああ、ボクにはもっとも役に立つものだよ。この剣を一番長く使って、愛用していた男の記憶を……この剣は保持しているんだ。それこそ、ボクがこの男の記憶を取り出すことができるくらいにはね」

「記憶だって……？」

クフィリオの言いたいことが、僕にもようやく理解できた。

《紅鳴剣》を構えて、クフィリオが刀身をなぞる。金色に輝く紋様と共に、クフィリオの足元に魔法陣が出現する。

銀霊剣が魔力を吸いきる前に――最後の魔法が発動した。

「《記憶読込》――完了、だ」

クフィリオが、紅鳴剣を構える。少年の姿ではあるが、その構えはかつて僕が相対した男と同じもの。リクト・ヴィルター――そのものだった。

「久しいな……ラウル・イザルフ。オレを覚えていてくれて嬉しいぞ」

クフィリオの口調が変化する。何年も身体を変えて生きてきた男だからこそ、他人の記憶を自らに植え付けることができるのだろう。ここに立つのは、僕と戦ったリクトという男と同じなのだ。

「過去の亡霊に縋る……それがあなたの最後の手か、クフィリオ」

「過去の亡霊、か。確かに間違ってはいないな。オレはお前に殺された身だ――そして、今はクフィリオという男でもある。記憶を利用されただけの存在だということも理解している……だが、オレは今、この瞬間に喜びしか感じない。もう一度……お前と斬り合えるのだからなッ！」

クフィリオが剣を構える。

僕もそれに呼応するように剣先を向けて、すぐに動き出した。

真紅の刀身と銀色の刀身が交わり、僕とクフィリオの視線が交差する。

「――ハッハッ！　最高だ！　今度は、オレがお前を殺すぞ、ラウル・イザルフッ！」

「いや、そうはならない。あなたのことは、クフィリオと共に今度こそ葬り去ろう。それが、僕にできる唯一のことだ」

過去に生きた者達が、現代に再び剣を交える。

互いに一度距離を取ると、再び猛烈な斬り合いが始まるのだった。

＊＊＊

僕の《銀霊剣》とクフィリオの持つ《紅鳴剣》がぶつかり合う。銀色に輝く刀身と、赤色に染まった刀身がぶつかり合って、火花を散らす。僕の魔力はすでに底を尽き、クフィリオも先ほどの《記憶読込》によって魔力を使い切っただろう。

《剣戦領域》――己の肉体と武器でのみ戦うことが許された空間で、僕とクフィリオは剣を振るった。

「ハッハーッ！　思い出すぞ、ラウル・イザルフ！　お前の剣を受けるたびに、あの時の戦いを！」

クフィリオがそんな笑い声を上げる。今の彼の精神には、リクトの記憶が融合している状態だ。話し方はほとんどリクトだが、彼自身はクフィリオという存在であることに間違いはない。

先ほどまでは僕の剣術を防ぐことができなかったクフィリオが、堅実に僕の攻撃を防いでいる。口調こそ荒々しく、剣を振る動きも雑に見えるが――これこそまさに《戦王》と呼ばれた男の剣術だ。下手に突っ込めば、僕の方が斬られることになるだろう。

滑らせるような一閃を放てば、クフィリオはそれを防ぎ、一歩前に踏み出して懐へと飛び込んでくる。僕の剣を弾いてから、高く剣を掲げて振り下ろす――わずかに身体を反らしてそれをかわす。

今度は僕が弾かれた勢いのままに再び一撃。クフィリオもそれに呼応するかのように剣

を振るい――剣撃の応酬が始まった。

「お前の剣は、オレが一番よく知っている……二度は斬られんぞ」

「本来ならば、《剣聖》の前に二度立つことはないんだけどね。そういう意味ではあなたが初めてかもしれないな」

互いに一撃一撃が命を奪うための一振り――そんな中で、まるで昔のことを思い出すかのように会話を続ける。

かつて斬り合ったときは、言葉という言葉をかわすことはなかった。

命を削るような戦いの果てに、勝利したのが僕だったのだ。

「ならば、オレは素晴らしい体験をしているな。所詮オレの記憶は紛い物だが――今の高揚感は本物だ……！」

「興奮するなよ、《戦王》。剣術が乱れるよ」

「ハッ、これこそがオレだろう！　この高揚感こそが、オレを高めてくれる……。お前を斬るための一撃はそこにあるッ！」

言葉と共に、クフィリオが強烈な一撃を放つ。

わずかに押されて後方へ下がると、クフィリオがそれを見逃さずにさらに一歩前に出て猛攻に出る。

続けざまに五連撃。力強い一撃は鈍い音を鳴らしながら僕を狙う。三撃目までは防いだが四撃目がわずかに肩をかすめる。

五撃目――僕もその瞬間に剣を振るう。リクト・ヴィルターの剣撃には癖がある。横に薙ぎ払うような一撃を放つときに、地面を強く踏みしめて、わずかに挙動が大きくぶれる。

その瞬間を、僕は見逃さない。それが、かつてリクトを殺したときの一撃なのだから。

僕の動きを見て、クフィリオがにやりと笑みを浮かべる。僕もすぐに気付く――その動きこそが、『誘い』なのだと。

「――」

僕は咄嗟に地面を蹴って、後方へと下がる。

クフィリオは左手に、懐から取り出した短刀を握っていた。その刃先から、ポタリと鮮血が垂れる。僕の右手首への、一撃だ。

「クク……ハッハッハッ！　二度は斬られんと言っただろう！」

一度僕に斬られて学習したということか、あるいはクフィリオとリクト二人による合わせ技というべきか――一撃は深くないが、わずかに手首の痺れを感じさせる。剣を握る分には何も問題はないが、これから振れば振るほど、僕が不利になるのは事実だ。

「もう少し深ければ、『致命傷』だったたな」

クフィリオの言う致命傷とは、剣を握れなくなるということを意味しているのだろう。

僕はその言葉を聞いて、くすりと笑う。

「あはは、確かにそうかもしれないね」

「……何か可笑しいことがあるか？」

「いや、あなたにできて僕にできないと思っているわけじゃないだろう。僕だって——剣を二本持っているんだ」

《銀霊剣》を左手に持ち替えて、僕は右手に《碧甲剣》を持つ。ラウル・イザルフとしての剣と、アルタ・シュヴァイツとしての剣を。僕のその姿を見てクフィリオが目を見開き、

「おおっ！　そうでなくてはな！　死力を尽くしてこそ意味がある——お前とオレの戦いは、そうでなくてはならないッ！」

クフィリオもまた、剣と短刀を構えて動く。お互いに間合いをはかりながら、再び剣撃を繰り出した。彼の持つ短刀は僕には届かない——今はすでに、防御のためにある存在だと言ってもいい。

かたや、僕の右手は出血がある。むやみやたらに振れば先に限界が来るのは僕の方だ。

……だが、その限界が訪れることはないだろう。

舞い散る火花と、鮮血。互いに二刀を持っての斬り合いは、明確に僕の方が優勢だった。

クフィリオの表情から、余裕に満ちた笑みが消える。

「……ッ！」

「驚くことではないよ、《戦王》」

「なにを……！」

「僕はどちらでも同じなんだ。右手でも左手でも——どちらの腕でも、剣術においては僕を超える者はいない。あなたは短刀を持っているが……それはクフィリオの暗殺技術に過ぎないものだ。そんなものでは、僕は殺れない」

クフィリオの短刀を弾き、僕は《碧甲剣》を手放した。クフィリオはリクトという男の記憶に頼り、僕と戦った。そしてリクトは、記憶だけの存在でありながらもクフィリオという男として、その技術に頼った。結局のところ、彼の敗因はそこにある。

剣術に特化したリクトと暗殺術に特化したクフィリオ——身体的能力に頼るだけならばまだしも、即席で組み上がったような技術では、僕の領域には遥かに遠い。

地面を蹴って、両手に剣を握る。クフィリオが取るのは防御の構え。

「僕は《剣聖》として戦うと言った。それを名乗ったからには、僕が負けることはない」

金属と金属のぶつかり合う音が響き——やがてキィンと大きな音を響かせた。《紅鳴剣》の刀身も両断し、クフィリオの身体までその一撃を届かせる。折れた刀身が宙を舞い、クフィリオがその場に膝をついた。

僕はそんなクフィリオに向けて、剣先を向ける。銀色に輝く刀身は、より強い輝きを放つ。食らった魔力を解放することで、《銀霊剣》は魔力による強力な一撃を放つことができる。

そんなことをしなくたって、今のクフィリオを殺すことはできる――けれど、僕は約束した。アリアさんを、呪縛から解き放つ、と。

この部屋にその『技術』があるのなら、それも含めて消し飛ばす。それが、僕にできることだ。

「あなたが頼ったのは所詮、過去の亡霊だ。そして、それはあなたも同じだよ」

「ボクも、同じ……だって？」

《紅鳴剣（こうめいけん）》が折れたことで魔法の効果が切れたのか、クフィリオの口調が元に戻る。僕は頷（うなず）いて、剣を振り上げる。

「あなたは長く生き過ぎた。今を生きる子の命を使ってまで、生き延びようとするものじゃない」

「は、ははっ……やっぱりボクと君は似ている、よ。君が《剣聖》なら……君も同じく『過去の亡霊』、だろ？」

「ああ――だから、僕が始末をつけるんだよ」

部屋ごと吹き飛ばすように、《銀霊剣（ぎんれいけん）》の中にある魔力を解き放つ。銀色の輝きが部屋を包み込み――やがて地下全体を揺らした。

＊＊＊

白衣の男——クフィリオは一人、揺れる地下道を歩いていた。

ちらりと後方を振り返り、小さく嘆息する。

「やれやれ、負けたか……私は」

もう一人の自分——同じ記憶を持って、肉体と頭脳を分かつ存在のうち、クフィリオの肉体は敗北した。長い間培ってきた暗殺技術を、クフィリオは失ったのだ。

再びクフィリオは前を向いて歩き始める。半身を失ったが、まだ問題はない。

頭脳を担当する自分が生きている——暗殺技術に関する記憶もある。同じようにまた、『クフィリオ・ノートリア』を作り出せばいい。

《影の使徒》は元より一人の男によって形成され、組織の形を成してきた。

自分さえ生きていれば、何度でもやり直しは利く。

「しかし、今回は中々にスリルがあったなぁ。次こそは、誰にも負けないようなクフィリオを作ろう——」

そこで、クフィリオはピタリと足を止める。何かに気付いたように、驚きの表情を見せていた。

「そうか……ははっ、私もまだ捨てたものではないな。ここに来て新しい目標ができるとは！　一つの国を支配する……その目標よりも面白そうだ」

クフィリオにとって、それはゲームのようなものであった。

人生とは短いものだ――生きている間に得られる経験など、たかが知れている。だが、寿命をもしも延ばすことができたら？

あるいは、肉体を替えることでもっと長い人生を生きられるとしたら？

そんな研究から始まって、気付けば数百年という時を生きてきた。

長生きをすればするほど、クフィリオにとっての楽しみ方はより、過激になっていった。

帝国元帥の娘であるエーナ・ボードル――彼女が王国内で殺されたとなれば、保守派であるルガール・ボードルも過激派へと変貌することだろう。

そうなれば、クフィリオの協力している過激派の勢力は揺るがぬものとなる。

その戦争で、クフィリオは自らの技術を存分に振るう。仮に負けても、それはそれで構わない。現トップであるルガールを引きずり下ろすことは確実にできるのだから。

誤算であったのは、保守派にその動きを悟られたこと。すなわち、ルガールの娘であるエーナに気付かれたということだ。

たかが十数年しか生きていないような娘に、クフィリオの考えを読まれ、自らを囮（おとり）にして誘い出された。

そう思うと、クフィリオの口元が自然と緩む。

「全くままならないものだな。だが、これも――」

「面白い、か？　私は別に面白いとは思わないがな」

「！　おや、まさかこんなところで出会うとは」

クフィリオの言葉を遮ったのは、まさにクフィリオを誘き出して、ここまで追い詰めた少女――エーナであった。

入り組んだ地下道でも、王国の『外』に繋がる道は限られている。クフィリオは脱出経路を読まれて、エーナに先回りされたのだ。

帝国の軍服に身を包んだ彼女は、クフィリオを前にしても臨戦態勢にもならず、冷たい視線を送る。

「お前がクフィリオ・ノートリアか。随分と冴えない男だな」

「ははは、冴える方は失ってしまってね。さて、ここに君が来たということは……私を捕らえにきたのかな？」

「捕らえる……か。確かに、私個人としては帝国の『膿』を出しきるためにお前の協力者については聞き出しておきたい。まあ、大方過激派連中の中枢ばかりだろうがな」

「どうだろうね……けれど、ここに君が来てくれたのは好都合だ。私にもまだ運があるね」

クフィリオはそう言って、構えを取る。右手と左手に浮かび上がるのは《魔法陣》――戦闘向きではないが、クフィリオ自身も魔法に関する戦い方は心得ている。

「この狭い道だ……君を越えて行くしか脱出する方法はないだろう。だが……ここで君を殺して脱出できれば、それこそ言うことはないね」

「ほう、後ろで見学してばかりいたお前が、私に勝てると？」

「やってみなければ分からないとも……少なくとも私は――かふっ」

クフィリオは突然、背中に走った痛みと共に吐血する。口元から流れ出る血を拭いながら、ゆっくりと振り返った。

そこに立つのは、一人の少女。クフィリオも知っている――エーナの側近である、メルシェ・アルティナだ。ボードル家のメイドでありながら、軍人としても活動している少女……そんなメルシェが、気配もなくクフィリオの背後に迫り、一撃を加えた。

「なん……だ。君、は？　君のような、部外者が……？」

「『部外者』ですか。あなたはどこまでも酷い人ですね。まあ、顔も声も……変わっていますから、気付かないのも無理はないでしょうね」

「顔、声……？　君は……」

ハッとした表情で、クフィリオはメルシェの顔を見る。彼女の表情は――かつてクフィリオが見たものと同じ。

自分が育てて暗殺技術を教え込んだ一人であり、自分を裏切ってアリアを逃がした少女。

「残念だが、お前に鉄槌を下すのは私ではない。これは、彼女の復讐だ」

最後に聞こえたのは、エーナのそんな声。

クフィリオはようやく全てを悟る。ここまで追い詰められたのは、全てエーナの作戦によるものではない——起因となったのは、全く別の存在。

さらに首元にもう一撃……確実にクフィリオを仕留めるための、一撃が放たれる。

出血と共に、クフィリオは呆気(あっけ)なくその場に倒れ伏す。数百年という時を生きた男の最期は、とても静かなものであった。

＊＊＊

倒れ伏したクフィリオを見下ろすようにして、メルシェは大きく息を吐いた。

「ふぅ……」

「これで全て終わり……と言いたいところだが、これからクフィリオに関わりのある者を探す仕事が増えたな」

「……申し訳ありません。本来ならば、捕らえるのが正解だったのでしょうが」

「いや、これでいいだろう。長い間生きてきた男だ……下手に生かすよりも、始末した方が早い。一応、こいつに関わる者の何人かは生きているのだからな」

「ありがとうございます。では、王国の騎士を呼びに行きますか？」

「その必要はないだろう。じきに、ここに一人やって来るだろうからな」

エーナがそう言って、クフィリオがやってきた道の方を見る。先ほどの大きな地鳴りは、アルタ・シュヴァイツがもう一人のクフィリオに勝利したもの。そう、エーナは判断しているようだった。

「エーナ様がそこまで信頼されるとは、やはり男を好きになると変わるものなのですね」

「なんだ、その言い方は。ふっ、だが……否定はしない。私も乙女ということだな……」

「……ふふっ」

「笑うな、怒るぞ」

「も、申し訳ありません。ですが、おかげで私にとってやるべきことは終わりました。後は、エーナ様にお任せします」

「ああ……今後については任せてもらう。だが、まだお前のやるべきことは残っているだろう？」

エーナの言葉に、メルシェもこくりと頷く。

《影の使徒》はクフィリオを失ったことで解体される……だが、メルシェもまた関わりのある一人として、やるべきことが残されていた。

エピローグ

《影の使徒》との戦いが終わってから三日が経過した。

本来であれば帝国からの視察の予定はすでに終わっているはずだったが、エーナとメルシェはまだ王国に滞在している。

結局僕達の視察については二日で切り上げることになってしまったが、他の地域については引き続き視察を実施し、問題なく終わったとのことだった。

僕は病室の前で、レミィルと話す。

「地下の魔物についても現在確認している限りでは問題はなさそうだよ。改めて、外側から入れる場所がないように封鎖しているところだ」

「ですが、王都も広いですからね。管理するのも難しいでしょう」

「努力するしかないことだな。それに、今回の魔物の発生については侵入よりも放たれた方が要因として大きい。……まさか、私の多忙と今回の事件に繋がりがあるとは思いもしなかったが」

レミィルに申請のあった書類の多くは、王都の地下の魔物についてのもの——それも片

付けてようやく時間が取れたという。そこで、入院しているイリスの下へと見舞いに来たらしいのだが、

「ここまで来たのに中には入らないんですか？」

「今回、私は特別何かしたわけではないからね。それに、今はイリス嬢とアリアちゃんが一緒だろう？」

「そうですね。ところで、アリアさんについてですが」

「ああ、彼女は《影の使徒》に協力して、明確にエーナ・ボードル様の命を狙った――はっきり言えば、それは罪に問われることではある。ただ、狙われたエーナ様が責任について言及しないと仰っているのに加え、半ば家族を盾に取られて精神的に不安定だったと言える。しばらくは観察処分となるかもしれないが、大きな罪とはならないだろう」

僕の懸念していたことについては、大きな問題にはならなそうだった。もちろん、理由があったとしても、他人の命を狙うことは犯罪になる――アリアはそれに加担したのだから、完全に許されるということはないだろう。

それでも、罪としては軽く扱われるのは、エーナがそのことについて不問としてくれたところが大きいだろう。彼女には感謝しなければ。

「それはよかったです。僕も安心しました」

「そのことについては、君からアリアちゃんに伝えてくれ。それと、観察処分については

おそらく君が監督役を担うことになるから、それも覚えておくように」

「また一つ役目が増えましたね……その点についても承知しました」

アリアのことも守ると約束した——元々、イリスと一緒に彼女にも剣を教えていた。それくらいは負担にもならないだろう。……そういう考えだと、ますます負担が増える気がしないでもないけれど。

「ま、彼女達については君に任せたよ」

ひらひらと手を振って、レミィルがその場を後にする。

時間ができたとやってきた彼女だが、やはり今はまだ忙しいのだろう。

帝国側からすれば、視察中に帝国元帥の娘が狙われたのだ——ただ、そこについては全てエーナの作戦の中に組み込まれている。

強くは言及してくることもないだろうし、王国と帝国の関係が大きく崩れることはないだろう。それでも、今回の件についてはまだ対応すべきことが多い。

一先ず、僕にできることは彼女達の傍にいてやることくらいか。

「イリス、他に何かしてほしいことはない？」

「もう、そんなに心配しなくても大丈夫よ。私は元気だから」

病室に入ると、そんなイリスとアリアの会話が聞こえてきた。

イリスが目を覚ましてからずっとこんな様子だった——アリアがイリスの怪我を心配し

て、四六時中ベッタリとしている。その怪我の全てに、アリアは責任を感じているのだろう。

「確かに、元気そうで安心しましたよ」

「！　先生――あ、ご、ごめんなさい。こんな姿で……」

イリスがサッと布団を抱くようにして自身の姿を隠す。彼女の寝間着なのか、可愛らしい動物が刺繍された服を着ていた。別に気にするようなことは何もないのだけれど。

わざわざベッドから立ち上がろうとしたので、僕はそれを制止する。

「そのままで大丈夫ですよ。見舞いに来ただけですから気にしないでください」

「あ、ありがとうございます」

「先生……」

アリアが気まずそうな表情で、僕を見る。

あの日――《剣聖》であることを明かしてから、僕はアリアとしっかり話す機会はなかった。

今日、こうして対面で会うのもどこか久しぶりに感じるくらいだった。彼女も騎士団からの尋問を受けて疲れているはずだが、そんな様子を見せることはない。

「アリアさんも、体調は大丈夫ですか？」

「ん、わたしは大丈夫。先生のおかげで……助かった」

アリアは視線を泳がせていたが、やがて僕の方を見て素直にそんなことを口にする。初めて僕に対して純粋にそんな言葉を言っている姿を見て、思わずふっと笑みを浮かべてしまう。

それに、アリアがピクッと反応した。

「なに？　おかしなこと、あった？」

「いえ、アリアさんが素直になってくれて嬉しいだけですよ」

「先生が信じろって言ったから。それで、イリスとわたしを守ってくれた。だから少しくらいは素直になる。でも、今後もイリスのことをしっかり守って」

「ちょ、アリア……！」

「もちろん、そのつもりですよ。ですが、それには君も含まれます。今後は、何かあれば僕に相談するように――いいですね？」

「……うん、ありがと」

この会話の中でもイリスのことばかり心配するアリアだったが、僕の言葉に頷くアリアを見て、イリスも微笑みを浮かべる。ようやく、全てが元に戻ったという感じがした。

けれど、もう一つ――僕はある人物と約束をしている。

「それから、アリアさん。君に会いたいという人が屋上で待っています。イリスさんのことは僕に任せて、行って来てもらえませんか？」

「わたしに会いたい……？」

アリアが首をかしげる。そんな人物は、彼女にとって心当たりはないのだろう。

けれど、僕はその人から話を聞いて——今回の件について理解できたのだから。

アリアが怪訝そうな表情をしながらも、僕に促されて病室を後にした。

＊＊＊

——間もなく夕焼けに染まりつつある屋上には、病院で使われるシーツやタオルが干されている。

風になびいて揺れる白い布の中、アリアは周囲を窺うように歩いた。

人の気配がする。町を見下ろすように立っているのは、一人の少女。

「あなたは……？」

「初めまして——いえ、久しぶり、というべきですか」

アリアはその姿を見て少し驚いた表情を浮かべる。

少女の名はメルシェ・アルティナ。《影の使徒》と闘技場で敵対した際に……アリアの父であるクフィリオ・ノートリアが戦っていた少女だ。

クフィリオとの戦いでは負けたようだが、軽い怪我で済んだところを見ると彼女も相当な実力者なのだろう。

そんなメルシェがどうして、アリアに会いたがっているのか。

「久しぶりって、闘技場でのこと？」

「それはほんの数日前の話ですよ。まあ、でも……クフィリオですら気付けないんですから、あなたが気付かないのも無理はないですね」

「……どういうこと？」

アリアの警戒心が強まる。クフィリオの名を聞けば、そうなるのも当然だろう。

そんなアリアとは対照的にメルシェはふっと笑みを浮かべてアリアへと一歩近づく。臨戦態勢――とまではいかないが、何かあればすぐにでも対応するつもりだった。

そんなアリアに対して、メルシェが淡々と言葉を続ける。

「あなたが《影の使徒》にいるのを見て、一番動揺したのはイリス様でしょう。けれど、私も負けないくらい動揺しましたよ。どうして、あなたがそこにいるのか、ってね」

「……？　何で、そんな話を」

「顔も声も違うから、分からないのも無理はないですね。けれど――私も言ったでしょう？　後で必ず行くって」

「――」

アリアは驚きで目を見開く。

そんなはずはないと思いながらも、メルシェの言葉はアリアの記憶にあるものだった。

何も知らないアリアに、多くのことを知る機会を与えてくれた、姉の言葉。その後に姿を現すことはなく、久しぶりに現れた『兄』と『姉』を名乗る人物も作り出された偽物だった。

本物は、クフィリオによって殺されたのだと知らされた。そのはずなのに、目の前にいるメルシェは、あの時と同じ表情でアリアに言う。

「本当なら、『兄さん』と一緒に来られたら良かったんだけれど、生き残ったのは私一人だったから」

「……姉、さん？」

「そう呼ばれるのは、久しぶりね」

「だって、姉さんは、もう……」

「クフィリオがそう言ったんでしょう？　確かに、私はほとんど死んでいたわ——必死で逃げて、必死で戦って。今でもその傷は残っているもの。それでも、今はエーナ様に助けられてここにいる。そういう意味だと、私もあなたと同じ。名前を与えられた——！」

メルシェの言葉を遮るようにして、アリアは彼女に抱き着いた。

それは半ば反射的で、気付けばそんなことをしていた自分に驚いている。けれど、メルシェの胸元に顔を埋めるようにすると、彼女がそっと頭を撫でてくれた。

「こんな風に、してあげられるとは思わなかったわ。でも、ずっとしてあげたかった」

「姉さん……！　生きてて、よかった……っ！」

絞り出すようにして、アリアは言う。

顔も声も違う――けれど、彼女が本物であるということが、今は分かる。そう、伝わってくる。

「私も、あなたが無事でいてくれて安心した。全てが終わるまでは、あなたと私に関わりがあるように見せるわけにもいかなかったから。……ごめんね」

「わたしも、姉さんに謝りたかった。本当は……あそこでわたしは逃げるべきじゃなかった」

「いいの。私も兄さんも、あなたのおかげで『家族』を知れたの。一緒にいる間……徐々に成長していくあなたを見て芽生えた感情は、作られたものじゃないって理解できた。だから、私と兄さんのしたことは間違いなんかじゃないの。作られたものじゃなくて、本当にあなたのことが大切だと思えたからしたの」

メルシェがアリアを強く抱く。アリアもそれに応えた。長い間、離れ離れだった時間を取り戻すかのように。

しばしの静寂の後、アリアの肩を優しく摑んでゆっくりと離す。

「全てが終わったら、あなたのことを帝国に迎え入れるつもりだったわ」

「！　それって……」

「うん、でも……安心したわ。あなたには、あなたを大切にしてくれる人がもういるんだものね？」

ちらりとメルシェが後方に視線を送る。アリアが振り返ると、サッと姿を隠すようにした二人の影が見えた。……イリスとアルタが心配して見に来てくれたのだろう。

アリアは思わずくすりと笑みを浮かべる。

「姉さん、わたしは大丈夫だよ。すごく強い先生と、大切な『家族』がいるから。もちろん、姉さんも大切な家族だけど――」

「分かっているわ。私も、あなたのことは大切な家族だと思っているもの」

「……うん」

メルシェが、アリアの髪をそっと撫でる。

アリアもそれに応じるかのように、少し下を向く。

「ねえ、アリア。私があなたに、『広い世界』を知ってほしいって言ったの、覚えてる？」

「うん。覚えてるよ」

「私も兄さんもね……世界のことなんて全然知らなかったの。だから、私はあなたにはもっと、色んなことを知ってほしかったのよ。私はあなたに家族を教えてもらった――けれど、あなたは家族という言葉を知っていても、その意味までは分かっていなかった。でも、今のあなたを見れば分かるわ。家族の意味も、よく分かっているでしょう？　私達だけが……『ノートリア』だけが、あなたの世界じゃないの」

今のアリアには、その言葉の意味がよく理解できる。ただ『ノートリア』という一つの存在でしかなかった彼女は——今は、『アリア・ノートリア』という、一人の人間なのだ。

イリスからもらった、大切な名前があるのだ。

メルシェが言葉を続ける。

「きっとこれからは、会いたい時に会えるから。……だから、またね」

「うん、またね——」

メルシェとの話を終えて、アリアは振り返る。すぐそこで待つ二人の下へと、アリアは駆け出した。

＊＊＊

「心配はなさそうですね」

「……そうですね」

サッと姿を隠した僕とイリスだったが、おそらくアリアに見られているだろう。

そう思いながらも、二人で視線を合わせて、くすりと笑みを浮かべる。

エーナが《影の使徒》を誘き寄せるために王国の視察にやってきた——だが、その全てはその前から始まっていたのだ。

メルシェという、クフィリオによって作られた存在の一人の反逆。その一つが、ここまで繋がってきたのだと言える。

「さて、そろそろ病室に戻りますか。イリスさんもまだ怪我が治っていないんですから」

「せ、先生までそんな心配を。私はもう平気ですからっ」

「ダメですよ。しっかり治したら修行に付き合ってあげますからね」

「！　そ、そういうことなら、しっかり治します……」

僕の言葉を聞いて、イリスは素直に頷く。どこまでもこういうところは彼女らしい——そんな風に思っていると、キィと屋上への扉が開く。

アリアがこちらへと戻ってきたのだ。

「あ、アリアさん。丁度イリスさんとここの近くに——」

不意に、僕の額に柔らかい感触が伝わる。イリスがその行為を見て、驚きの表情を浮かべた。——アリアが僕の額にキスをしたのだ。

突然の出来事に僕は驚く。いたずらっぽい笑みを浮かべながら、アリアが囁くように言う。

「わたし、先生のこと好きだよ——イリスの次にだけどね。だから、全部内緒にしておいてあげる」

「こ、こら！　今のは一体どういうことなの……!?」

「何だろうね」

「惚けないの！　ま、待ちなさいって！」

怪我をしているにも拘わらず、逃げるアリアを追おうとするイリス。結局それを心配して戻ってきたアリアが捕まって、今の行為についての尋問が始まった。

そんな様子を見ながら、僕は額に触れる。

「あはは、それでも子供扱いなんですね」

僕は思わず苦笑しながら、そんなことを呟いた。

＊＊＊

エーナはメルシェを連れて、帝国へと戻る馬車に揺られていた。

《影の使徒》との戦いから数日――外の景色を眺めながら、エーナはメルシェに問いかける。

「良かったのか？　王国に残らなくて。せっかく妹と再会できたというのに」

「私は別に構いません。いつでも会える――そう、アリアと約束しましたから。エーナ様こそ、もうしばらくアルタ様とお話しされてもよかったのでは？」

エーナは戦いの後、《黒狼騎士団》の団長であるレミィルとは捕らえた暗殺者達の引き渡しなどについて話し合ったが、アルタとはこれといって話をすることもなく帝国へと戻っていた。

エーナはふっと笑みを浮かべる。

「それこそ、また会う機会もあるだろう。今回の視察は途中で終わってしまったからな。近く機会を作ろうと思う」

「エーナ様がそれで良いのなら構いませんが……アルタ様の傍にはすでに二人の女性がいらっしゃるというのに」

「二人の、というのにはお前の妹も含まれるのか？」

「あの子が信頼を寄せているのですから、もちろんその通りです」

「ふはっ、恋のライバルというやつだな」

「……ふふっ」

エーナの言葉を聞いて、メルシェが楽しげに笑みを浮かべる。

そんな表情のメルシェを見るのは、エーナも初めてであった。

エーナもまた、メルシェに釣られて笑みを浮かべる。

だが、すぐに彼女に鋭い視線を送り、

「お前、このことについては私をバカにしているよな？」

　そう、言い放った。

「いえ、そういうわけではないのですが……。でも、そうですね。今度は気兼ねなく、こちらにも来てみたいものです」

　メルシェがそう言って、離れていく王都の方へと視線を送る。

　帝国と王国——まだ国同士の交流は決して深いものではないが、それでも今後は友好な関係を築けるようにしていかなければならない。

　今回、エーナは王国側を利用するような形を取ってしまった。その点については、いずれ謝罪しなければならないだろう。それくらいのことはエーナも理解している——彼女はいずれ、本気で帝国を背負って立つつもりだ。

（そういう意味ではイリス……お前も私と同じ立場だな）

《王》候補の第一位にして、王国最強と謳われるイリス・ラインフェル——彼女の本当の実力を目の前で見る機会はなかったが、アルタも含めて王国には実力のある人間が揃っている。

　視察は途中で終わってしまったが、王国と帝国の交流を深めるのに良い催し物なら、すでに考え付いている。

「ふっ、楽しみだな……また戻ってくる日が。次に会う時には、アルタをデートにくらい誘ってみるとしよう。メルシェ、手配を頼むぞ」

「デートのお誘いくらい自分でされた方がよろしいのでは？」

「……誘い方が分からん」

「では、戻ってから最初の小隊の議題にしては？」

「む……確かに小隊には既婚者もいたな。それはありかもしれないな！」

「……冗談ですよ？」

エーナの反応を見て、メルシェが嘆息する。

二人を乗せた馬車は、帝国を目指して真っすぐ駆けていくのだった。

＊＊＊

イリスが退院してから数日が経過していた。

ようやく、学園の講師の立場に戻った僕は、今まで授業に出られなかったイリスとアリアの補習授業の一つを担当していた。

結局数日どころか、十数日の休みだ。どちらかと言えば学業の遅れを取り戻す方が重要だと思うけれど、一応学園で決められたルールだ。

練武場で模擬剣を構えて、僕は二人の少女と向き合う。

「普通の授業の補習のはずなんですけどね……何か本気の雰囲気が感じられますが」

「身体を動かすのは久しぶりなんです。だから、ちょっとくらい……その、本気でもいいですよね？」

「うん、わたしも先生とやるなら本気の方がいい」

直剣と短剣——それぞれが得意とする得物を持って、嬉々として言うイリスとアリア。

僕の生徒であり弟子でもある少女達は、どうしてこうも血の気が多いのだろう。

そんなことを考えながらも、僕は彼女達に言い放つ。

「分かりましたよ。では、特別ルールです。僕に一撃でも当てることができれば、剣術の補習については全て修行の時間としましょう。それができなければ、しっかり授業を受けてもらいますからね」

「！　はいっ、先生！」

「絶対当てる。魔法は使ってもいいよね」

「アリアさん、一応剣術の授業ですよ？」

「分かった——じゃあ、先手必勝」

「あ、待ちなさい！」

アリアが先行するように駆け出して、イリスが後を追うように動く。

二人の息の合った動きを見るのは久しぶりだ——僕はそれに呼応するように動く。アリアの短剣と、僕の剣がぶつかり合った。

「さすが、《剣聖》だね」

「！　アリアさん、剣術の授業で精神攻撃はなしですよー」

苦笑いを浮かべながら言うと、アリアが後方に視線を送る。すでに後ろにやってきていたイリスが僕に向かって剣を振るった。

アリアの短剣を弾いて、僕は左側へと回避する。わずかに距離を取って、再び二人と向き合った。

「惜しかったわね。でも、慣らしには丁度いいわ。アリア、次こそ決めるわよ」

「うん、分かった」

笑みを浮かべる少女二人と、僕はまた剣を交える。

《暗殺少女》と《剣聖姫》――二人の少女が親友として、そして家族として、また肩を並べる日が戻ってきたのだ。

あとがき

二巻が発売となりました！　そういうわけで、笹塔五郎（ささとうごろう）です。

一巻に引き続き二巻をお手に取っていただきありがとうございます！

今回のお話は主にイリスとアリアの二人の関係性を中心とするものでした。

アリアは一巻の段階からイリスのためなら命を惜しまない……という子でしたが、一緒に過ごして家族というものを理解したからこその関係なんですね。

二人がもっと仲良くなっていく過程も機会があれば書いていきたいですね……。

最近この作品を書いていると、主人公はイリスなのではないか……と思うことがあります。

色々悩むのもイリスだし、戦いの中心になるのもイリスだし……。

まあ、戦うヒロインが好きなので、今後もメインで動いていくことになるかと思います。

そして、二巻で初登場となったエーナとメルシェ。

軍人キャラ的な立ち位置の予定のエーナですが、今回はメインというよりは少しかかわる程度だったかもしれないです。

今後お話が続いていくと、彼女がメインとなるお話も……？

メルシェの方がメインとなった場合は、またアリアとのお話になりそうですね。

キャラが増えると色々と考えることがあって楽しいです。

それと、今回の敵キャラであったクフィリオという男ですが、考えた当初はもっとやばい感じのキャラになる予定でしたが、イリスとアリアの関係性を書いていたらそこまでやばい雰囲気にはならなかったような感じがします。

魅力的な敵キャラとかも好きなので、今後は敵のお話とかも書いていきたいですね。

そういう意味だと、次巻に繋がれば私が個人的に好きな敵キャラ集団を再登場させたりすることになるかもしれません！

続けられるといいなぁと思いながら、この辺りで謝辞を述べさせていただきたいと思います。

イラストを担当いただきました『あれっくす』様。

一巻に引き続き、可愛らしいキャラをたくさん描いてくださいまして、ありがとうございます！　キャラのイラストをいただけるのが楽しみになっております……！

担当編集者のY様、一巻に引き続いて担当いただきまして、ありがとうございます。

三巻も続きましたら引き続き宜しくお願い致します……！

三巻でもお会いできるように頑張りますので、宜しくお願い致します！

生まれ変わった《剣聖》は楽をしたい 2
～《暗殺少女》と家族事情～

発　　行　2020 年 3 月 25 日　初版第一刷発行

著　　者　笹 塔五郎
発 行 者　永田勝治
発 行 所　株式会社オーバーラップ
〒141-0031　東京都品川区西五反田 7-9-5
校正・DTP　株式会社鷗来堂
印刷・製本　大日本印刷株式会社

Printed in Japan ISBN 978-4-86554-621-7 C0193